触らないで、
、。イッちゃっ……！」
「うん、いっ
いっぱいいし
ね！」

XXXしないと出られない部屋で、敏腕社長といちゃらぶ監禁生活

榎木ユウ

Vanilla文庫Miel

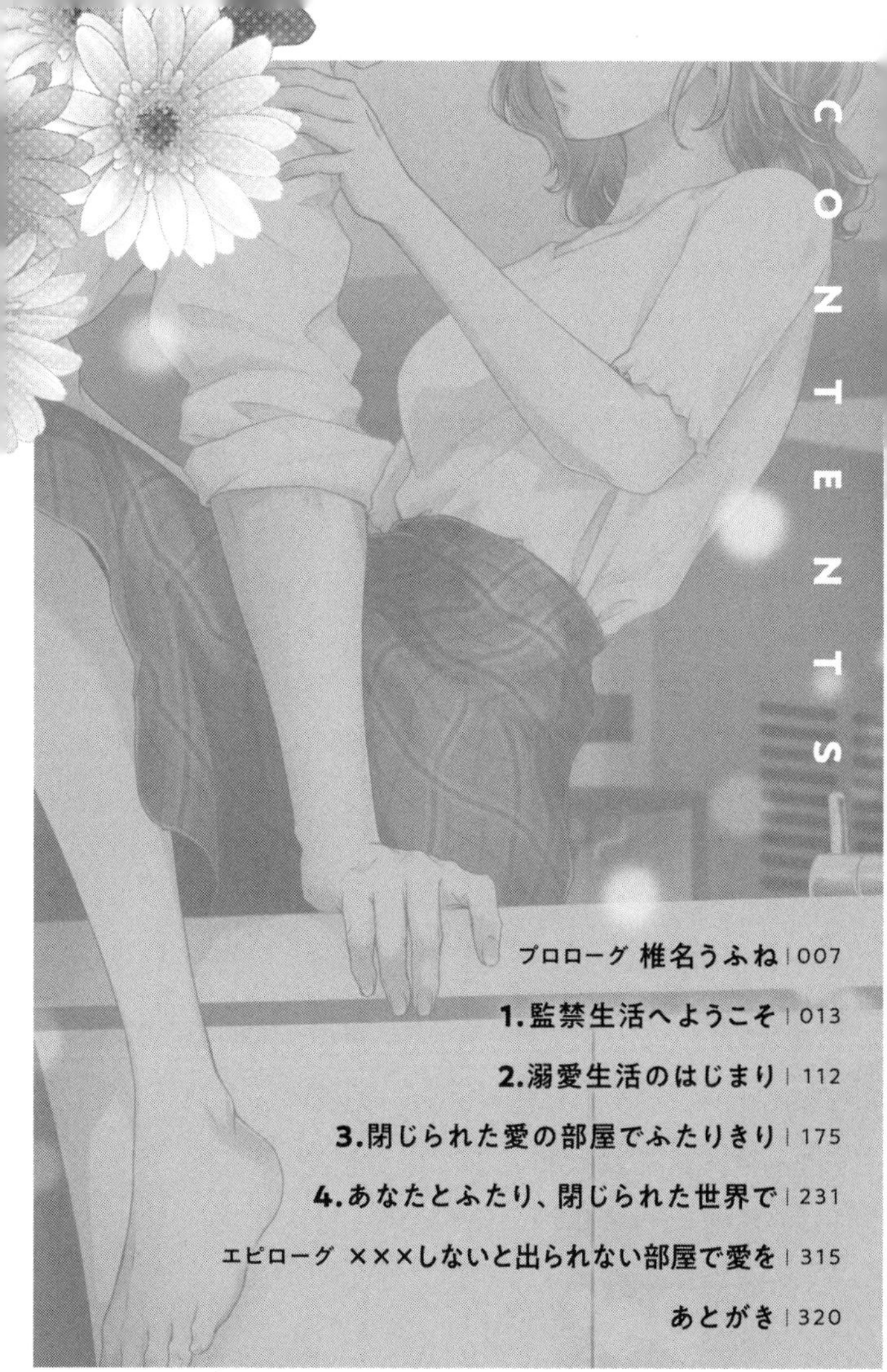

CONTENTS

イラスト／黒田うらら

プロローグ　椎名うふね

『おねえちゃんは赤の他人に優しくしすぎ！　気をつけて！』

スピーカーモードにしたスマートフォンから、妹の声がする。それを聞きながら、椎名《しいな》うふねは料理を作っていた。〝うふね〟という名前はちょっと変わっていると思うが、二十四年もこの名前でいると、他ではあまり聞かない音の響きも愛着が湧くというものだ。

ちなみに妹は〝さはり〟なので、姉妹揃《そろ》って変わった名前だと言われている。

「まあ、気をつけられるなら気をつけたいんだけど……」

何度目か分からない妹の忠告に、苦笑しながら返事をする。

今晩のメニューはれんこんのきんぴらと春菊の白和え、魚の煮付けに味噌汁だ。

ただしその全てのメニューに使われる食材は、大家さんや近所で知り合った人からのもらい物だと妹が知ったらどうなることか。

昔から、なんとなく知らない人に話しかけられることが多かった。それは老若男女問わず、つい親身になってうふねが返事をすると、いつの間にか相手がうふねに好意を持っている。

その中にはもちろん、いい人ばかりだけではなく、ちょっと困った人もいる。

地元にいられなくなったのは、彼女に入れ込んだ近所の当時三十代後半のおにいさんが、うふねの家の周囲を朝も晩も問わずにうろつくようになってしまったからだ。

不幸にも向こうの親も話が通じない輩《やから》で、「こんなに息子が娘さんを好きなのだから、もうすぐ高校も卒業だろうし、二人を結婚させてはどうか」と厚顔無恥《こうがんむち》にも勧めてきた。それにはさすがに両親も酷《ひど》く激怒した。

ちなみにそのとき、うふねは十八歳になったばかりだった。

なので、それもきっかけの一つとして、高校を卒業すると同時に郷里から逃げるように上京して大学に進学し、そのまま就職もした。

しかし、就職先でも残念なことに変なお得意様に絡まれて、朝に晩にメールや電話、果ては突然の来社という騒動が起きて、あわや退職になりうるかというところで、上司の温情もあって在宅勤務をしているのが今だ。

『とにかく、何かあったらすぐに連絡つくようにしてね！』

何度目か分からない妹の切なる要望に、うふねは「はぁい」と返事をすると電話を切る。

もう六年近く実家には帰っていない。たまに両親は上京してくれるが、実家に戻ることは許されていない。近所には件《くだん》のおにいさんだけでなく、七十代のおばあさんや、同級生の男子まで、「うふちゃんは帰ってこないのか」と未だに両親や妹に聞く輩がいるからだ。

(私の何がそんなに影響するのかなぁ……?)

ゆるっとふわふわで天使のようだと言われる色素の薄い茶髪に、まろやかに白い頬、そしてぱっちりとした茶色がかった目と、どちらかというと〝可愛い〟と形容される容姿なのだが、それだってアイドル並みに可愛いというわけでもない。

ただ、うふねに惹《ひ》かれる人間は、皆、共通して同じことを言う。

「こんなに自分のことを分かってくれる人は他にはいない」

うふねとしては、ただニコニコと微笑《ほほえ》んで相手の話を聞いて頷《うなず》くだけなのだが、それが全てを理解してくれるかのような錯覚を相手に起こさせてしまうのではないかと、妹は言う。

だが、そもそもうふねは赤の他人に笑いかけてはいないのに、元々の口角の上がった口元と垂れ目がちの潤《うる》んだ瞳のせいで、普段の顔も少し微笑んで見えてしまうのだ。

そんなこんなで、刺さる人には深刻に刺さってしまい、相手に病的に好かれてしまうというちょっと困った特異体質として、うふねは自分も、そして周囲も認識するようになった。

まあ、東京《とうきょう》という土地柄、適度に他人と距離を置く傾向が大きいはずなのに、そのご近所さんでさえ、いつも何か差し入れをしてくれるほどにはうふねを可愛がってしまうのだから、自分が他の人と違っていることは、うふねも重々承知はしていたのだが。

最近はほとんど外出もしていないなあと思いながら、一人きりの食卓でテレビを見る。

テレビでは『都会の豪華マンション!』と言いながら、芸能人のお宅訪問をしていた。

『うわあ、これがマンションの一室だなんて！』

メンズ化粧品のプロデュースをしている男性芸能人の部屋を訪れた女性タレントが、目を見開いて驚いている先には、一軒家と見まごうほどの室内が広がっている。

『わー、すごい』

マンションの一室だと言われているのだが、家の中に大きな階段がある。メゾネットタイプの部屋割りだ。

一階は吹き抜けで天井も高く開放感がある。そこだけでうふねの部屋の四倍はありそうだった。そこから見える二階の廊下や各々《おのおの》の部屋、そして大きな窓。ここがマンションの、しかも最上階に近い場所だなんて、外の景色を見ないと分からないだろう。

しかし、残念なことに防犯上の理由からか、大きな窓にはブラインドが下ろされており、外は見えないようになっていた。

女性タレントがそのブラインドの隙間から外を見て、わざとらしく大きな声を上げる。

『ひえっ！　本当にマンションです！』

『きちんとエントランスから入っているくせに、何言ってるんだか』

コメンテーターがしらけた感じに返したが、女性タレントは頬を上気させて興奮している。

『すごい、私、こんな風に二階建てのマンションなんて見たことないです！』

『いや、そこ五十階建ての高層マンションだから』

『一軒家と全然変わらないです！』

『だから、マンション！　そこはマンションだから！』

ボケなのか本気なのか分かりかねるタレントと、それに突っ込むコメンテーターのやりとりを観ながら、もぐもぐとご飯を食べる。

（高層マンションねぇ……）

五階建てアパートのこぢんまりとしたワンルームに住むうふねからしたら随分と遠い世界の話だし、実際、そんなマンションに誰が住んでいようが知ったことではない。

「ふわああ、斉藤《さいとう》さんからいただいたお魚、とっても美味しい！」

ほろほろと口の中で蕩《とろ》けるように消える白身に感動し、ご近所の斉藤さんに会ったらぜひともお礼をと思う。

そんなところが変な人に好かれやすい要因なのだと妹には怒られそうだが、美味しいものをいただいたのだから、きちんと礼儀を尽くすのは当たり前のことだろう。

「今日もいい日だったな」

美味しい食事に満足したうふねは、ニコニコしながら食べたものを片付ける。

すると、片付けを終えたところでタイミングよく電話が鳴った。

スマートフォンを確認すると、相手は会社の同期の黒沢《くろさわ》だ。

『ごめん、椎名！　明日、封筒を届けてほしいんだ！』

申し訳なさそうに、だが、切羽詰まった声でうふねに頼んできたことは、お客様宛ての封筒を届けるという内容だった。

『本当は俺が行かないとならないんだけど、どうしても外せない用事があって……！』

「いいよ、お使いぐらいするよ」

うふね自身、普段、在宅勤務にさせてもらっているせいで、会社でしなければいけないことを黒沢に頼むことも多い。幸い、明日は土曜日で会社は休みだ。外出の予定もなかったので、うふねは彼の願いを快諾した。

「じゃあ、明日、会社に封筒を取りに行ってそのまま該当の住所に届けるね」

『ありがとう！　俺の机に置いておくから……本当にごめん！』

思えばそのとき、「ごめん」と言った黒沢の声が少しだけうわずっていたことに気づけばよかったのだろうか。それとも、それより前、もう少し危機感を持てという妹の電話によく耳を傾《かたむ》けておくべきだったのか。

今となっては、うふねには分からない。

ただ一つ言えることは、そうして同期の頼みを快諾した結果――。

椎名うふねは、高級マンションの一室に監禁されることになるのだ。

とある新進気鋭《きえい》の、ベンチャー企業の社長と一緒に。

1．監禁生活へようこそ

＊監禁一日目＊

「たわーまんしょん」

馬鹿《ばか》っぽく呟《つぶや》いて、そのマンションを見上げたうふねは、首が痛くなるなと思った。

天気は快晴。天高く馬肥《うまこ》ゆる秋とはいったもので、空には鰯雲《いわしぐも》はあれど、よく晴れた秋空だ。ビル風も心地よい日に、うふねが頼まれて訪ねた場所は、どこかの会社ではなくタワーマンションだった。

外観はとても綺麗《きれい》だ。タイル貼りの外装が高級感を醸《かも》し出しているし、外から見た低層階にはフィットネスルームが入っているのも見えた。そして、エントランスドアはとても大きな黒い扉だった。見上げないとならないほどの大きな扉に唖然《あぜん》とする。

どこから見ても高級マンションだった。どれだけ稼いでいたらこんなところに住めるのだろうかと思ったし、中がどんな風になっているのか想像もつかない。

恐る恐る入ると、ホテルのようなエントランスにコンシェルジュらしき女性が一人、受付にいた。オートロックだろうと思ってはいたが、有人なことにまず驚いた。

それでも動揺はあまり表に出さず、同僚が用意してくれた書類の宛先の社名を告げると、コンシェルジュはニコリと微笑《ほほえ》み、答えてくれる。

「ご連絡は受けております。どうぞお入りください。中を進んでいただきまして、左側真ん中のエレベーターで指定階を押してください」

中に入る自動ドアを開けてくれたコンシェルジュは、そのまま内扉奥のエレベーターを手で示してくれる。

「あ、ありがとうございます」

うふねは頭を下げると、いそいそと中に入った。

タワーマンションでは低層階に会社が入っている場合もあるので、きっと黒沢《くろさわ》が頼んできた会社もそうなのだろう。

ただ、指定された階は五十階建てマンションの三十七階と、そこそこ高層階だったことが少しだけ気になったが、タワーマンションに足を踏み入れること自体初めてなので、うふねはそのままドキドキしながらエレベーターの前に立つ。

「階によって使えるエレベーターも違うんだ」

効率を重視しているのかもしれないが、行くことのできる階層が六つのエレベーターで異なっていた。

コンシェルジュに言われた通りに、左側の真ん中のエレベーターのボタンを押すと、エレベーターはすぐにやってくる。

幸い中に人もいないのでそのまま乗り込み、降りる階のボタンを押して待つ。するとスウッと軽やかにエレベーターが上昇した。

エレベーターの違いなど分からないが、少なくともうふねの会社のエレベーターよりずっといいことは、その無音でなめらかに上昇するエレベーターで分かった。

「こんなところの会社って、何の仕事とりつけてきたんだろう？」

黒沢も自分も似たような仕事をしているはずなのだが、用意してあった封筒の社名には全く見覚えがなかった。きっとうふねが在宅勤務中に彼は新規開拓に成功したのかもしれない。

自分だけが在宅勤務で働かせてもらっている手前、少しは同僚たちの仕事の役に立ちたいと思う。特に今回、頼んできた黒沢には、在宅ではどうしても手が回らないところを何度も助けてもらっていたので、彼の頼み事ならできうる限り叶《かな》えてあげたかった。

うふねはエレベーターが着くのを待った。といっても、高速エレベーターはあっという間に指定階に着いたので、物思いにふける時間はほとんどなかったが。

エレベーターの扉が開いた先では、まるで高級ホテルのような絨毯《じゅうたん》張りの内廊下がまっすぐに伸びていた。

「す、す、すごい」

場違い感が半端ない。五階建て外廊下のアパートに住んでいる自分とは違いすぎる世界に、こわごわ柔らかめの床を踏んで歩く。足音は全て絨毯が吸収してくれるが、その絨毯に汚れは全くない。こまめな清掃が行き届いているのだとすぐに分かった。

こんなところに住んでいる人というのは、一体どんな人だろうと思いながら、３７０２とプレートのついた部屋のインターホンを押して——。

そして、うふねは恐怖した。

＊　＊　＊

海崎迅《かいさきじん》はイライラしながらエレベーターの前に立っていた。

スラリとした長身に、艶《つや》のある黒い髪。茶色みを帯びた目をしているので、女性には「素《す》敵《てき》な瞳に吸い込まれそう」とうっとりされたこともあるが、迅からしてみれば「知ったこっちゃねえ」だ。

二十七歳。会社員であったならまだまだ若手の部類に入るだろうが、迅の場合は他の人と少し違った。

大学時代に二人の友人と起業したオンライン脱出ゲーム系のＷｅｂコンテンツ会社が成功し、あれよあれよという間に結構な規模の会社になってしまった。社員は三十人程度ではあるが、その収益は年々うなぎ登りだ。

そして、何故か望んでもなかったのに、迅が会社の社長になっていた。

起業した三人の中で一番見目がよいという、迅にとっては迷惑極まりない理由で、だ。

副社長は長山《ながやま》、総括は畑《はたけ》という男がしている。文句を言いたいときもあるが、実際の外回りは長山が担当してくれているので、迅は自分の仕事に集中できている。

幸いにして、長山と畑のおかげで、非常に順調に迅の会社は成長していた。

これでプライベートも順調ならばよかったのだが、禍福《かふく》は糾《あざな》える縄のごとし。

先月、結婚を考えて同棲していた彼女が、自分たちの部屋で見知らぬ男とセックスをしていた――。

恋人は、会社を興してから三年目に、新卒で入ってきた可愛らしい女の子だった。

長山は「お前ってああいう感じの子、好きだよねぇ……」と苦笑し、畑は「まあ、お前がいいんなら」と歯切れの悪い言い方をしていたのは、自分が社の女の子に手を出してしまったからだと思っていたのだが、どうやら現実は違ったらしい。

可愛らしい、女の子らしいと思っていた婚約者は、迅のことを唯一だとは思わなかった。最悪なことに、彼女が寝ていた男も同じ会社の迅の部下だったのだ。

「ごめんなさい！　違うの！　彼が……！」

泣きながら自分は悪くないと彼女は言っていたが、そもそも迅の出張中に、自宅に男を招いて二人きりでいる時点で、もう無理だと思った。

泣き叫《さけ》んで迅にしがみつく婚約者への愛情などなくなり、そのまま逃げるようにホテル暮らしにシフトした。彼女だった女は早々に部屋を出てもらい、彼女と付き合っていた部下も彼女も自主退職という形で会社を辞めた。

全ての決着は一応つけたのだが、また一人であの部屋に住もうとも到底思えず、新居はどこにしようと悩んでいたところ、長山が新居までの仮暮らしにどうかと提案してきたのが、今から向かう部屋だった。

迅が乗ろうとしているエレベーターはその高級タワーマンションのものだ。

「ったく、何を考えているんだ」

エレベーターに乗り込みながら、迅は長山が持ち込んだ企画書を眺《なが》めている。

元々は、新しいＷｅｂコンテンツを作るのに必要だということで用意された部屋は、特殊な仕様になっている。その一室をまるごとゲームのコンテンツフロアの雛形《ひながた》とするために、数ヶ月借りたという。

わざわざ借りる必要もないだろうとは思ったのだが、会社の経費やら諸々《もろもろ》を考えると、借りた方が安くつくのだと長山に説明された。

ではその部屋はどのような目的で用意されたのか、その内容がいただけない。

【一ヶ月、出られない部屋でまったりゴージャス生活】

タイトルからしてイケてない。

迅にはどう考えても成功するようには思えないが、長山の作るコンテンツは一部のマニアには不思議なほど受けるので、今回もその類《たぐ》いに入るだろうことは迅にも分かった。

脱出系コンテンツを作っているはずなのに、脱出できない部屋に入るとは一体どういうことなのだと思うが、それはそれで貴重な経験とも言えるのは迅にも分かる。

幸い、この部屋に暮らすのは迅一人だ。

「一ヶ月くらい雲隠れしていてもいいんじゃないの？」

ニマニマとつり目を細めて狐《きつね》のように笑う長山の甘言《かんげん》についつられてしまったのは、きっと心身ともに疲れていたからだろう。

彼女と暮らした二年ちょっとはなんだったのだと思っていたし、この鬱々《うつうつ》とした気持ちで新しいアイデアなど思いつくわけもなく、そんなところを友人たちが心配した上でこんな提案をしてくれたのは薄々分かっていた。

だが、それが一ヶ月の自宅軟禁というのはどうなのだろう。

腐《くさ》った気持ちをリフレッシュする時間を設けてくれたことはありがたかったが、それでも納得いかない気持ちもある。

幸い、在宅勤務もできるネット環境も整った部屋だということは、長山の企画書を見ても分かる。

部屋のある三十七階について扉が開いた。どこかのホテルのような作りだとは思ったが、この前まで自分が住んでいたホテルと大して変わらないとも思ったので、そのまま一番奥の角部屋まで向かっていく。

モデルルームとして作られた部屋だから、住み心地はかなりいいのだと長山は言っていた。

「一ヶ月いても飽《あ》きない部屋にしたから！」

得意げに長山は豪語していたので、お手並み拝見といったところか。

今まで忙しかった自分への長期休暇、ご褒美《ほうび》だと思いながらカードキーをタッチする。鍵穴もついているので鍵でも開けられるタイプのドアらしい。

ピーという音の後、鍵がカチャリと開く音がした。

さて、どんな部屋だろうと思いながらドアを開けた瞬間、

「助けて！」

バンッと端の方の部屋のドアが開いた。

女性の声だ。張り上げた声はどこか切羽詰まり、酷《ひど》く動揺している。

ドアから出てきた彼女はエレベーターとこちら側を見て、迅に気づくと一目散に駆けてくる。面倒ごとの匂《にお》いがプンプンしたが、それ以上に、不覚にもドキリと心臓が大きく跳ねた。

猫のような大きな瞳、化粧っ気のあまりない可愛らしい女の子が迅と視線を合わせている。

時間が、止まったかと思った。

全く会ったこともない初めて見る女の子。

にもかかわらず、迅は息をするのも忘れて、彼女と見つめ合ってしまった。

彼女は目に涙をいっぱいに浮かべて、それでも絶望なんて全くしていない強い意志を持った瞳で、迅を見ていた。

「助けてください！」

今度は、はっきり迅に対して彼女は助けを求めた。

彼女からしてみれば、すぐに着くか分からないエレベーターよりは、その場にいたどこかの誰かを頼ることの方が安心だと思えたのだろう。

「うふねちゃん、待ってよお！」

駆けてくる彼女の背後から、今度は小太りのおっさんが部屋から出てきた。

（なんだアレは）

思わず顔をしかめるほどに酷かった。その格好はバスローブ姿で、涙目の女の子を追いかけていい格好では決してなかった。

仮にも高級マンションの内廊下だ。男女の痴話《ちわ》げんかかと一瞬思ったが、それはすぐに消える。むしろ犯罪の臭いを感じ取り、迅は声をかけた。

「こっちへ！」

いつもなら絶対関わるつもりなどないのに、何故かこのときばかりは、手が、声が、考えるまでもなく出た。

差し伸べた腕の中に彼女が飛び込んでくる。

後ろから駆けてきたおっさんは、まさかの第三者の介入にギョッとしたようだが、すでに遅い。

迅は急いで彼女を引き込むと、そのまま勢いよく自室のドアを閉めた。

その瞬間、『ピーーーーー』と高らかな電子音が鳴り響く。

ジー、カシャン。

あからさまに部屋の鍵とは違う、大きな電子窓のついたハート型の電子ロックが、鍵を閉める。その電子窓には『ヨウコソ』とカタカナで文字が流れた後、

《監禁一日目となります》

と、機械らしいトーンの声が電子ロックから聞こえてきた。

＊　＊　＊

（なんで、こんなことになっちゃったんだろう……）

今すぐ帰りたい。強くうふねはそう思った。

「うふねちゃんって名前からして可愛いねぇ」

うふねが訪ねた先のドアの向こうには、ニチャアと粘着質な笑みを浮かべた取引先の役員が一人いた。

やけにうふねに対してまとわりつくような視線を向けてくる男で、食事に誘われることも何度かあったのだが、その全てをやんわりと断っていた。

その内、別の取引先の人間に付きまとわれて在宅勤務になってしまったので、その役員のことをすっかり忘れていたのだが、まさかこんな風に再会するとは思いもしなかった。

「うふねちゃん、さ、中に入って」

強引に腕を引っ張られて部屋の中に引きずり込まれる。

目の前の役員がバスローブ姿なのにもゾッとしたし、何よりリビングではない横の扉が開いており、そこを見て声を失う。扉の奥にはベッドの端が見えたからだ。

「いやっ！」

うふねは役員を突き飛ばし、締まる直前の玄関ドアを押して外に逃げ出していた。

「――同僚に頼まれた書類を届けにきただけなんです。会社名だったのであまり深く考えませんでした。そうしたらドアを開けて出てきたのは、山島《やましま》さん……さっきのおじさんで、そのまま引きずり込まれそうになったので、必死に抵抗して部屋を出たんです……」

うふねは淡々と自分の身に起こったことを説明した。

今、自分がいる場所は、助けを呼んだときに出会った男性の部屋だ。

その部屋のとても広くゆったりとしたリビングのソファに座って、隣に座る男性と、ノートパソコン越しの画面に映る狐目の男性に、自分の身に起こったことを説明する。

「とりあえず、俺からコンシェルジュにも連絡をして、俺の部屋のドアを叩《たた》いていた山島という男は連れて行ってもらったから」

うふねの隣に座る男性——海崎迅と名乗った彼が、パソコンに向かって言うと、

『了解。そのあたりはこっちで対処しておくわ』

と画面に映る男が手を上げた。彼の方は長山啓《けい》と名乗った。

『ええと、椎名《しいな》さん、でしたっけ。あなたの状況は理解できました。ただ、こちらとしても想定外でして』

長山が酷く気まずげにそう言うのは、きっとこの部屋の玄関のことがあるからだろう。

オートロックの玄関には、備えつけのものだけではない大きなハート型の電子ロックがついていた。

「海崎さんから聞きました。この部屋で一ヶ月、外出せずに生活されるご予定だったと……」

まさかそんな部屋だとは思わず飛び込んでしまったのは、うふねの責任だ。迅が申し訳なさそうな顔をしているが、むしろうふねの貞操《ていそう》の恩人なのだから彼には何の非もない。

『問題は、その部屋から出るのには、通常なら一ヶ月かけないと駄目《だめ》だということでして』

「はい。その話も聞きました」

『それでですねぇ……』

長山の歯切れが悪い。

この事態になって、すぐにパソコンをつなげて顔が見られる状態での会話ができたことには驚いたが、それでは何故すぐに鍵を開けないのかが不思議だった。

「災害があった場合の緊急避難措置はあるはずだろう？」

『あるよ。ただ、それが物理一択なんだよ』

「物理？」

『ハンマーでガツンと鍵を壊せば、すぐに解錠する』

その言葉に、すぐさま迅がハンマーを探しに行こうとしたが、慌てて長山が止める。

『待て、待て。その鍵、特注なんだよ！』

「だからなんだ？」

『……百五十万します』

観念したかのように長山がそう言った瞬間、うふねはポカンと口を開けてしまう。

（え、あの玩具《おもちゃ》みたいなハートの鍵が百五十万？）

確かに喋《しゃべ》るし、高そうだとは思ったが、そんなに高額な鍵だとは思わなかった。

「お前、俺の逃げ道を塞《ふさ》いで殺す気だったのか？」

値段を聞いた迅が険しい顔で睨《にら》みつけたが、画面越しに長山はぶんぶんと首を横に振る。

『いやいや。だから物理ですぐに壊れるようにしただろう？　単純に嫌になったから出るとか言うのは困るし、制限をかけたかったから高価なものにしただけで……まさかモニター一日目に壊すなんてことは想定してなくて……』

長山としても想定外だったのだろう。

『迅だったら一ヶ月、引きこもりなんて余裕だと思ったから、だったら色々モニタリングできる鍵にしておこうかと思ったんだよね』

うふねをチラチラと気にしつつも、そうぼやく。

「よし、お前の給料一ヶ月返上しろ。それで鍵代なしだ」

『うえええええええい！　だよね！　そう言われると思った！』

ヤケになったように長山が両手を上げる。

うふねはいたたまれなくなり、声を上げた。

「あのっ……そのっ、私のせいですみませんっ……！　百五十万なら私が……」

そんなお金はないが、働いてはいるし、貯金も少しならあるので弁償はできなくもない。

そう思って口を開いた瞬間、ぴろぴろりん♪　とうふねのスマートフォンに着信が入る。

「あ……」

チラリとポケットから取り出したソレを確認すると、そこにはうふねに仕事を頼んだ黒沢の名前が表記されていた。

「す、すみません、ちょっと会社から……」

「ああ、構わない」

迅が足をどけてくれたので、その前を通って部屋の隅《すみ》で電話に出る。

「もしもし、黒沢！」

『や、山島さんから電話があって……！　椎名、お前何したんだよ！』

電話の向こうの黒沢は動揺した声でうふねに言う。

「何したんだよって、どういうつもりで私に封筒頼んだの！」

てっきり謝罪の言葉が出るのかと思ったが、黒沢から聞こえてきた声はあからさまにうふねを非難していた。その声をうふねは当然腹立たしく思う。

「私、襲われそうになったんだけど！」

『え？　あ、それは……俺は知らなくて……！』

「知らないわけないじゃない！　嘘《うそ》の会社情報までよこして、これは上司に報告させてもらうから！」

『はあ？　俺はただ書類頼んだだけだし！』

開き直る黒沢の言葉が更にうふねの怒りに火をつける。

「何の仕事を私にさせるつもりだったのよ！」

『お、俺はただ、頼まれたものを届けてもらうよう頼んだだけだ！　それなのに山島さん、知らない男に妨害されたとか言って立腹していて！　お前、今度立ち上げる事業、山島さんの会社なんだぞ、どう責任とるつもりだよ！』

黒沢が焦《あせ》っていることは分かるが、うふねだって納得いくわけがない。たまたま仕事を頼まれた先で、玄関のドアが開くなり襲われそうになったのだ。

「私の話、聞いてた？　その山島さんに、襲われそうになったって言ってるんだけど？」

『ヤられてもないくせに、何言ってんだお前』

「……それ、本気で言ってるの？」

自分でも思った以上に冷たい声が出た。電話の向こうで黒沢が息を呑《の》んだのが分かる。

ずっと入社以来、切磋琢磨《せっさたくま》してきた同僚だと思っていた。

黒沢とは男女の性差はあったが、お互いに良いところも悪いところも見てきたが、今ほど、この男が理解できないと思ったことはなかった。

『椎名……俺、この仕事、うまくいかないと、飛ばされるんだよ……』

突然、黒沢が弱り切った声を出す。

『お前は在宅勤務だから知らなかっただろうけど、今期の業績下がっていて、俺とお前、二人とも左遷候補に挙がってる』

「えっ……」

黒沢の突然の告白に、戸惑いを隠せない。

『在宅勤務しかできないお前の方が飛ばされる可能性が高かったんだけど、山島さんから横やりが入って……』

山島の執着はうふねも分かっていた。そして彼が陰湿で強引な性格だということも、黒沢からは聞いていた。

想像でしかないが、人事にもそれとなく口を出してきた可能性はなくもなかった。山島の会社はそれなりに大きく、うふねの勤める会社は残念ながらあまり大きくもなかったからだ。まして次の事業に山島の会社が関わってくるのであれば、担当としてうふねを強引に指名しようとしてきた可能性も考えられた。そうなると左遷候補は黒沢の方になりうる。

起死回生の逆転案を、黒沢と山島、どちらから提案したのかは分からなかったが、どちらにせよお互いの利益のために、うふねを利用しようとしたことだけは理解できてしまった。

「だからって……私のことを勝手にしていい理由なんて、黒沢にはないはずだよ」

うふねが疲れたような声でそう諭《さと》すと、ようやく黒沢が小さく呟《つぶや》いた。

『ごめん……』

「謝って済む問題じゃ全くないじゃん……」

「そうだな、謝って済む問題ではないが、一つ、提案させてもらってもいいか？」

「へ？」

背後で声がしたと思ったら、ひょいとスマートフォンを取り上げられた。取り上げたのは当然ながら迅だ。

「もしもし、私、株式会社ステンスの代表取締役の海崎と言います」

（ステンス……？）

どこかで聞き覚えのある名前だと思った。

「ええ、御社とも今度業務提携をする予定です。今回、たまたま椎名さんが騒動に巻き込まれたところに居合わせまして」

どうやら聞き覚えがあったのは、これから関わりができる会社だからだった。

「週明けにうちの社員をそちらの会社に派遣させます。結論から申し上げますと、山島さんという方に関しましては、当社に一任してください。うちの方で訴訟沙汰《ざた》にならないように処理させていただければと思います。代わりに椎名うふねさんの処遇に関しましても、弊社との提携に関してお手伝いしていただきたいことがありまして、一ヶ月ほど、その身柄をお借りしたいと思っています」

（ん？）

「ええ、弊社に一ヶ月、彼女を派遣していただきたい」

（え、え、え）

思いがけない話に唖然としていると、チラリと迅がこちらを見てパソコンを指さす。

どうやら長山と話をしろということらしい。

トテトテと歩いてソファに戻ると、長山が待ち構えていた。

『椎名うふねさん。申し訳ないのですが、あなたのことを少し調べさせていただきました。そうしたら、今度弊社と提携する会社の、しかも担当部署の社員だという奇跡的偶然が判明しまして！』

とてもニコニコとしているが、その笑顔が怖い。

先ほど、迅が言った『一ヶ月、借りる』という言葉も不穏だ。

『本当は社会的制裁を食らわせてやりたいとお思いでしょうが、件《くだん》の山島さんの方は部屋に招いただけだと主張していまして。忌々《いまいま》しいことに、廊下に備えつけの防犯カメラの映像にも、彼があなたを部屋に招き入れる様子しか映っていませんでした……』

「あ……」

確かにその通りだった。ドアが開いて山島がうふねの肩に手を置いて中に引き込もうとしたが、すぐに逃げたので事なきを得たのだ。

それはうふねにとっては幸運ではあったのだが、一方で何もしていないという山島の主張も正しいということになってしまう。

たとえ、うふねがどんなに身の危険を感じていようが、実際には何も起こっていない。それが事実だった。

『ああいう輩《やから》は、警察沙汰にしたら更に面倒そうに思えたんですよね』

「あぁ……」

確かに警察沙汰にした場合、変に山島が逆恨《さかうら》みするのは確実だ。黒沢に苦情の電話をよこしたことでも分かる。

何も起こらなくてよかったのだが、そのせいで余計に追い詰められた感は強かった。

(どうしよう、一人で改めて謝罪しにこいと言われたら……)

山島のことだ。あり得ない話ではない。

サアッとうふねが顔を青ざめさせていると、『ですがご安心ください』と長山が言った。

『こちらで、あなたに二度と近づかないように山島さんを説得します』

「説得、ですか？」

『はい、説得です。大丈夫です、私は説得が得意なので』

ニコニコと笑顔を絶やさぬ長山に、うふねは寒くもないのに一瞬ゾクリとした。

『それで今回は、矛《ほこ》を収めてもらえませんかね？　絶対に、椎名さんに二度と関わらせないようにしますので』

長山が力強く断言する。

彼にどれほどの力があるのか分からないが、妙な説得力があった。

「あ、あの……犯罪とかにならないのであれば……」

　思わず日和《ひよ》ってそう言ってしまうと、

『椎名さんはお優しいんですね。大丈夫です。性癖《せいへき》が少し変わるかも知れませんが、些末《さまつ》なことですから』

　長山がすかさず怖いことを言ってきた。

「え、説得で性癖なんて変えられるんですか?」

『説得ですからね』

　しれっと言われたが、果たしてそれは本当にうふねの知る〝説得〟なのか。どう説得するのか考えるのも怖いので、それ以上聞くのはやめておいた。

「わ、私に関わらないのであれば……それで……」

『ありがとうございます！　では次に、あなたのこれからについてのご相談です！』

　まるでうふねがそう言うのが分かっていたかのように、長山は次の提案をしてくる。

『椎名さん、うちの社長と一ヶ月、その部屋で同居生活しませんか?』

「え?」

『大丈夫です。迅の人間性に関しては保証します。まずほぼ椎名さんと何か起こる可能性はありません』

「そう……なんですか?」

『ええ。そこら辺はきちんとしている男なので、お互いに恋愛感情がないと肉体関係は結ばないという、今時珍しい少女漫画系男子です』

「ぶっ」

少女漫画系男子という言葉に、思わず吹き出してしまう。

電話中の迅を見てしまうが、彼は確かに少女漫画のヒーロー役にでもなれそうな美青年だ。スラリとした体型で、顔も格好いい。しかも会社の社長だ。

彼ならば、わざわざうふねを選ばなくとも、他にどんな女性でも選び放題だろう。

「でも……そんな人が、一ヶ月も赤の他人と暮らすなんてストレス溜まりませんか?」

しかも外出もできない部屋だ。

『椎名さん、もう部屋の中は見て回りましたか?』

長山に問われて、うふねは首を横に振った。部屋に入ってすぐ、玄関の鍵がかかってしまったことを確認した迅が、パソコンをつなげたのでそれどころではなかった。

改めて周囲を見渡すと、リビングの奥に階段がある。この部屋もメゾネットタイプなのだとそれで気づいた。

窓はとても大きく広い。外の景色がよく見える気持ちのいいリビングだ。

三十七階という高さに加え、同程度の高さのビルはほどよく遠い距離なので、双眼鏡でも使わない限り肉眼では互いの部屋の中までは見えなそうだ。

眼下に広がる町並みが、小さなブロックのようだった。

　そしてそのリビングの隣にはアイランドキッチンもあり、晴れた日の朝など、外気には触れられなくとも気持ちよく朝食がとれそうだと思えた。

『その家、５ＬＤＫでして、寝室一室、書斎二室、フィットネスルーム一室、オーディオルーム一室……ジャクジー付きの浴室にサウナも完備ですし、トイレも二つあります』

「フィットネスルーム……」

　確かに普通のマンションの部屋とは思えない。メゾネットタイプで二階もあるので、一軒家と言ってもいい広さだ。

『宅配ボックスやダストボックスを玄関脇に完備していますので、清掃員が内廊下からゴミを回収してくれます。暮らそうと思えば一切外に出ずとも暮らせます』

　長山が強く断言する。

『部屋数も豊富ですから、会いたくないときは別々の部屋にいることもできます。ただ、迅の要望で寝室を一つ書斎に変えてしまっているので、どちらが寝室で寝るのかは要相談になってしまうのですが』

「そうですか」

　寝室の件は気になったが、これだけ部屋数があれば別の部屋でも寝られるだろう。それに、プライバシーも確保できるのはありがたい。

『一ヶ月、豪華マンションで暮らしてみませんか？　もちろん特別手当を弊社からも支給させていただきます』

わずかばかり心が揺れ動く。

『ですが、椎名さんにお付き合いをされていたり、求愛予定の男性がいらっしゃったりするようでしたら、もちろん無理強いはしません』

「あ、そういうのはないので、大丈夫です」

好きな人も付き合っている相手もいない。こんな体質では、おちおち誰かと付き合うことはできない。

何度か付き合ったことはあったが、ストーカーに絡まれたり変な人に付きまとわれたりするうちに、いつの間にか交際相手と縁遠くなってしまうのだ。

『俺にはお前を守りきれそうにない』

そう言って最後に付き合った彼には別れを告げられた。それももう二年も前の話だ。

「私よりむしろ海崎さんの方が、お付き合いやご結婚されていらっしゃるのでは……」

そちらの方がよほどありうる話だろう。さすがにうふねも特定の相手がいる男性と同じ部屋に一ヶ月住む気にはなれない。

その答えは、長山ではなく自分の横からすぐに返事があった。

「この前、婚約破棄したばかりなんで誰もいない」

カタンと優しくテーブルにうふねのスマートフォンを置いて、迅が隣に座ってくる。

どうやら黒沢との電話は終わったらしい。

「え？　今なんて？」

思わず聞き返してしまったのは、とんでもないことを言われた気がしたからだ。

『婚約者が同棲していた部屋に男を連れ込んで浮気したんで、別れたんですよ』

長山が目をにんまりと細めて画面の向こう側から言った。

想像以上に重い話を、何の構えもなく聞かされて、思わず素《す》が出た。

「え、こんなに格好いい婚約者がいるのに、浮気するの⁉　——って、ごめんなさい！」

別れたばかりの人に対してあまりにも配慮のない言葉が漏《も》れてしまったので、慌てて自分の口を手で押さえた。

『そうなんですよー。あ、椎名さんと同じ二十四歳でしたね、元婚約者の子』

画面越しに長山が更に知りたくない情報を投下してくる。

というか、うふねの年齢は告げていなかったのに、名前と社名だけで個人情報を調べ上げている長山の情報収集力が恐ろしい。

「まあ、そういうことで今、俺も誰も相手はいないんで、余計な心配をする必要はないです」

「そ、そうですか」

淡々と迅がそう言ったことに対して、うふねは適当な相づちしか返せなかった。

『それじゃ、お互い、後ろめたいこともないと思うので、気楽に同居、どうですかね？』

長山が今度はヘラッと軽く笑って、再度提案してくる。

（一ヶ月かぁ……）

迅は悪い人ではない。この少しの時間でしか関わってないが、先ほどはすぐにうふねを助けてくれたし、並んでパソコンに映るときも、適度に距離を開けてくれた。

必要以上にうふねに近寄らないところが、今は安心できる。

「シェアハウス……みたいなものでしょうか？」

ポツリ、と尋ねる。

『はい、そのつもりで全然構いません！　一ヶ月の間の仕事環境も、きちんとこちらで準備しますので』

「それなら……」

一ヶ月、一緒に住むだけなら、何も起こらないだろう。

うふねの横では、迅が少しだけホッとした顔でこちらを見ている。さすがに百五十万の鍵を初日に壊すのは、彼も躊躇《ためら》いがあるらしい。

（あれ、でも、だからって、いきなり会ったばかりの異性と同居するのもどうなの？）

それを言っては自分もそうなのだが、今日は色々なことがありすぎて頭が追いつかない。

（どうしよう、どうすればいいの……）

混乱する気持ちを、一気に落ち着かせたのは、他でもない迅だった。

「椎名さん」

「は、はい！」

返事をして横を見れば、こちらを思いのほか真剣に見つめる二つの瞳と視線がかち合った。

「本当に、大丈夫か？」

（あ、この人、本当に私のこと、心配してくれている）

そして同時に、その瞳にはどこかしら縋《すが》るような色もあるように見受けられた。

（確か、婚約者さんと別れたばかりなんだよね……）

結婚まで考えていた相手に裏切られたのだから、迅の心はどれほど傷ついているだろう。

まだ知り合ったばかりだというのに、うふねは迅の心に共感してしまう。

それがまずいのだと、散々妹にも言われていたのに。

共感力が高い。

うふねにとって、それは良くも悪くも転じやすい非常に不安定な個性だった。

だからこそ変な輩を近づけてしまうし、だからこそうふねの力になってくれる者もいる。

海崎迅がそのどちらなのかは、うふねには分からない。

（それでも――）

傷ついて寂しい人を、一ヶ月も一人にさせることなんて、うふねにはできなかった。

うふねは、すっくと立ち上がると、迅に向かってぺこりと頭を下げた。

「至らぬところもあると思いますが、よろしくお願いします」

『やったー！』

画面の向こうで、長山が飛び跳ねて喜ぶ。迅もホッとしたように息を吐《つ》いた。

『じゃ、じゃあ、玄関でぜひお願いしたいことがあるんだけど！』

長山は続けてうふねたちに頼み事をしてくる。

「お願い、ですか……？」

迅と二人、顔を見合わせて首をかしげつつも、長山に促《うなが》され、彼の映るノートパソコンを持ったまま玄関に行く。

そこには、この部屋に閉じ込められる原因となったハートの鍵があった。

『この鍵、ハートの左右下の方に指を差し込む穴があるから、迅は左側、椎名さんは右側に差し込んでくれる？』

「はあ……？」

確かに鍵を横から見ると、ハートの左右下に各々指が入りそうな穴がある。

人さし指を底に差し込んでみると、突然――。

《ぴろぴろりん♪　お二人の登録をしました》

とハートの鍵が突然喋り始めた。

「おい、長山、なんだこれは？」

『これで、二人の相性を計れるんだよ！　他に熱とか脈も測れるから健康チェックにもぴったりだよ！　あと、ラッキーアイテムとかも教えてくれるよ！』

とても嬉《うれ》しそうに長山が説明してくれるが、うふねは内心思った。

（これに百五十万……）

『俺の渾身《こんしん》の力作だから、ぜひとも二人には記録してもらいたい！』

「は、はあ……」

「おい、なんで俺一人で暮らすはずの部屋で、二人分の登録ができる鍵だったんだ？」

迅が眉間《みけん》に皺《しわ》を寄せてノートパソコンの画面を睨《にら》みつけた。

すると長山はぺろっと舌を出す。

『迅が一人で大丈夫だったら、次は俺が女の子と一緒に一ヶ月暮らしてみようかなあと思って☆』

「よし、今すぐこの鍵は破壊する」

『待って待って待って！　ほんと、ごめん！　ついでだから二人用の機能も楽しんでよ！』

迅が横で酷く疲れた顔をしている。

すると、突然、鍵が《ジャラジャラジャラ》とドラミングを始めた。

「な、なんだ、この音？」

《ぱんぱかぱーん！》

軽快なファンファーレの後、ハートの鍵は電子の声で突如叫んだ。

《二人の愛情度は六十五です！》

『お、知り合ったばかりなのに、なんかいい感じでは？』

長山がニヤニヤしながら、余計なことを言う。

『脈拍とか計測しているから、そこから推測して二人が互いをどう思っているかの数値の平均値を出してるんだよね。なんとも思ってないときは三十くらいからだから、結構高いよ、その数値』

「……」

「……」

無言になってしまった迅とうふねの気持ちは同じだったに違いない。

「お前、これに百五十万とか、ほんと馬鹿」

うふねの気持ちを、きっぱりはっきり迅が代弁してくれた。

『え！　どうして？　これから二人の関係が変わるかもしれないじゃん！　毎日、きちんと記録してね！　よろしくね！』

ぎゃんぎゃん騒ぐ長山に耐えられなくなったのか、パタンと迅はパソコンのカバーを閉めてしまった。

それから、隣で微妙な顔をしているうふねを見下ろしながら、

「とりあえず、よろしく、ね？」

と愛想笑いを浮かべた。

「ははは、よろしくお願いします」

（六十五って……）

それでも五十より上だったのはまだマシだと思えばいいのか。

互いに悪感情は抱いていないようなので、一緒に住む分には嫌うよりもいいのだろうか。

なんとも言えない気持ちをお互いに抱きつつも、こうして、椎名うふねと海崎迅は一ヶ月、同居することになった。

＊監禁二日目＊

チュンチュンと雀《すずめ》の鳴き声で目が覚める——ということは当然なくて。

朝の目覚めは、自動でローマンシェードが上に上がっていき、穏やかなクラシック音楽がスピーカーから流れてきて訪れた。

（すごい……）

うふねが目覚めたのは、リビングのソファだ。

この家には残念なことに寝室が一つしかなく、ベッドも一台しかない。

迅が一人で住むつもりだったので、余計にあった客間は書斎に変えてしまったのだという。

これからベッドを搬入しようにも、ドアが開かないので無理だった。

迅は寝室を使うよう勧めてくれたが、さすがに勝手に入り込んでしまった手前、たった一台のベッドを使うのは心苦しく、代わりとしてリビングのソファで寝させてもらうことを提案したのだ。

迅はかなり渋ったが、週替わりで寝る場所を交換することで手を打った。だから来週には寝室の大きなベッドで、うふねが寝ることになる。

だが現状、ソファで寝ることに全くの不満も不便もなかった。むしろ自宅のパイプベッドに戻れるのか心配なほど、ソファの寝心地は最高だった。

顔を洗いに洗面所に向かう。横にはランドリールームがあり、着替えもできる。

5LDKとは言っていたが、こうした細々《こまごま》と小分けされた収納部屋は部屋数には入ってないようで、他にもウォーキングクローゼットがあったり、シューズルームがあったりと、とにかく色んなところにスペースがあって、うふねはその一つ一つに驚いた。

今日の予定は明日から始まる仕事の環境整備と、生活環境を整える作業がある。

それでも外に出る必要は全くなく、荷物の受け取りは玄関脇の大きな宅配ボックスでほとんど済んでしまうというのだから、至れり尽くせりだ。家具などの搬入は無理だが、ノートパソコンぐらいなら、宅配ボックスで受け取ることも可能そうだった。

うふねには二つある書斎のうちの一つで、予備用のパソコンを使わせてくれるそうなので、会社のクラウドにも連携できる。狭いアパートで在宅勤務していたときとは雲泥《うんでい》の差だ。

昨日のうちに下着などの衣類や生活用品は長山が届けてくれた。

全部新品で、しかもそこそこ名の知れたブランド品だったので戸惑ったが、それらは全て女子社員が用意してくれたそうだ。

休日に大変だったのではと尋ねたら、土日が勤務の部署もある会社なのだと説明されて、少し安心した。

顔を洗って簡単に薄化粧を施した後、着替えて洗面所を出る。

（あ、忘れないように……と！）

朝起きたらすぐにすることがある。それはこの家に来て一番大事なことだと長山に口を酸っぱくして言われたのだ。

うふねは玄関まで向かうと、ハートの鍵の前に立つ。そしてそのハートの左側の下の方にずぷっと指を突っ込んだ。

すると《ちろちろりん♪》と軽快な機械音がする。

《二日目／朝／三十五度七分／脈拍六十／今日のラッキーアイテムは食パン！》

そう、この鍵には簡易的な体温と脈拍管理、そして信憑性《しんぴょうせい》の低いラッキー占いが導入されているのだ。

（なんという百五十万の無駄《むだ》遣い……！）

昨日も思ったが今日も改めて思う。言っている内容も、どう聞いても適当にしか思えない。

「食パンかぁ……」

そういえば、最近は食べる機会がなかったなと思いつつリビングの方に戻ると、さっきはいなかったのに、いつの間にかキッチンに立つ人がいた。

この家の唯一の同居人、迅だ。

クリーム色のTシャツにチノパンというラフな格好だが、カフェエプロンをしているせいか、どこかのカフェに一瞬迷い込んでしまったのかと錯覚した。それくらい似合っている。

まくられたシャツから伸びる腕は筋肉質で、健康的なのに目を引いてやまない。

迅はうふねに気づくと、ニコリと朝から爽《さわ》やかな笑顔をこちらに向けてくれる。

「おはよう」

「お、おはようございます」

人と朝の挨拶《あいさつ》を交わすのは、随分久しぶりだ。朝から眩《まぶ》しいものを見た気がした。

「すまないな、朝から計測なんて」

「いえ、指を差し込むだけですから、特に不便ではないです」

「ラッキーアイテム、なんて言われた?」

「食パンです」

「奇遇だな、俺もだ」

やっぱりあのハートの鍵は適当なことを言っていそうだと思いながら、迅の横にトテトテと近寄っていく。

「ん?」

近づいてきたうふねを不思議そうに迅が見るので、

「あの、お手伝い……」

と小さく言うと、迅は「もうできたから大丈夫だよ」と返してくれた。

うふねが起きたときはキッチンにはいなかったのに、身支度をしているほんの十五分足らずで朝食を作ってしまったことに驚きを隠せない。

「ラッキーアイテムだったからってわけではなく、朝はいつもトーストなんだけど、椎名さんもトーストで大丈夫?」

「あ、え?　はい」

「じゃあ、そこに座って」

アイランドキッチンにつながるように設置されたテーブルに、ランチョンマットが二枚敷かれている。対面なので自分と迅の席なのだと分かった。

座るとすぐに温かいスクランブルエッグとウィンナーにサラダ、ヨーグルトとトーストが出てきた。そして挽《ひ》き立てのコーヒー。

「すご……」

いつものうふねの朝ご飯は、小さなおにぎりとお茶だけだ。野菜もタンパク質もない。

在宅勤務のせいか、それほど身体を動かさないので食べる量も少なくしているだけと言えば聞こえはいいが、結局、朝は眠いから単なる手抜きをしているだけだ。

それなのに同居初日の朝から、こんなカフェのような朝食を用意されて、戸惑いしかない。

「あ、あの……」

「ん?」

自分も席に着いた迅がこちらを見てくる。

「これはいつも……こう、なんですか?」

「いや、初めての朝だから頑張っただけ。眠いときはトースト一枚とコーヒーぐらいだよ」

サラリと自分と似たような食事を告白されて、ホッとした。

「いただきます」

綺麗《きれい》に両手を合わせる迅に、素直にうふねも従った。

「いただきます」

(なんだか変な気分……)

他人と面と向かって朝食を食べるのは何年ぶりだろうと思ってしまう。

カリッと焼かれたパンを一口囓《かじ》ると、サクリと軽やかな食感の後、口の中に甘い食パンの味が広がる。

（こ、これは……！）

「あ、あのっ！」

「ん？」

「こ、これ！　中芳屋《なかよし》の食パンですか⁉」

「ん？　ああ、そうなのかな？」

迅がアイランドキッチンの方に視線を向けると、紙袋が端に置かれていた。淡いグリーンの紙袋には『中芳屋』と書かれているので、間違いなく中芳屋の高級食パンだろう。

「これ、美味しいですよね‼」

高級食パンは一斤五百円くらいから千円前後まで、店によって違うが、中芳屋は千五百円と、他の店より若干高い。

だが高いだけあって厳選された国産小麦と天然酵母、そしてたっぷりと生クリームを使って生で食べるとふんわりもちもちとした甘さで、トースターで焼くと外はカリカリサクサク、中はしっとりふんわりする『何もつけなくても美味しい』と言われている高級食パンだ。

うふねもこの食パンが好きで、一ヶ月に一回くらいは贅沢《ぜいたく》して買っている。今月はまだ買っていなかったので、まさかここで食べられるとは思わなくてとても驚いた。

「んーーー、美味しいーーーーー！」

「好きな食パンなのか？」

「はい！　ここのが大好きで一ヶ月に一度の楽しみにしているんです！」

「そうか。ならまた長山に言って……」

「あ、でも一ヶ月に一度の楽しみなので、次は普通の安いパンにしてください！」

「ん？」

　ビシッと手を突き出して、うふねは丁重にお断りをする。

「ご褒美は月に一度だから嬉しいんです。たくさんあったら飽きてしまいます」

「食パンぐらいで大げさな」

「いいえ、普段食べるものだからこそ、ご褒美感は大事ですよー！　美味しいものを美味しく感じられるって大事じゃないですか！」

「まあ、それは同意する」

「でしょ？　私にとってすっごく大事なことです！」

　力説した後に、卵の隣に添えられたウィンナーを口にする。パリッとＣＭみたいにいい音がした。

「待ってください！」

うふねはまた叫んだ。

「今度は何？」

「このウィンナー。大苅田《おおかりた》肉屋の燻製《くんせい》ウィンナーじゃないですか……！」

お歳暮でもよく選ばれるハムやウィンナーの会社の燻製ウィンナーは、香りもさることながら、その味も大変まろやかだ。パリッと皮をかみ切った瞬間に口の中にジュワーと流れ込んでくる肉汁に舌鼓《したつづみ》を打つ。

こちらも、うふねが三ヶ月に一度くらいの割合で、自分へのご褒美として買うウィンナーだった。

「どうしましょう、海崎さん……」

「何が？」

フォークに刺したウィンナーを見つめながら、うふねは愕然《がくぜん》とした顔になる。

「初日からこんなにご褒美ばかりの朝食で、私、贅沢しすぎな気がします」

「……」

一瞬、迅が黙りこくった。

うふねはそんな迅の様子には気づかず、フォークに刺したウィンナーを悩ましげに眺《なが》めていた。

次の瞬間、

「ぷっ……」

　吹き出す声とともに、迅が肩を震わせ始める。

「え？　どうしました⁉」

「いや、たかが食パンとウィンナーで、まさかこんなに感動して贅沢だなんて言われるとは思わなくて……」

「ええ⁉　だって、どっちも千円超えですよ？」

「君、俺の役職、昨日聞かなかった？」

　そこまで言われて、ハッとうふねは思い出す。

（そうだ、この人、社長だった！）

　まだ名前しか知らないが、うふねの会社と取り引きするくらいには大きい会社の社長なのだ。こんなに若くて格好いいのに。

「すごい……」

　思わず、うふねは呟いてしまう。

「社長になると高級食パンとウィンナーを毎朝、食べられるんですね……」

「ぶっ、はははははははは」

　突然、迅が大声で笑い出した。

「今まで社長の肩書きを褒《ほ》められたことは多かったけど、食パンとウィンナーで褒められた

のは、俺、初めてだっ……くっ……」

「えー……」

朝からとても楽しそうに笑われてしまったが、うふねとしては心外だ。

「普通、もう少し違うところに初めは感動しない？」

「例えば？」

「風呂とか、あと、ソファも寝やすかったと思うけど……」

確かにお風呂はジャクジー付きで大きかったし、ソファもソファと思えないくらい寝やすかった。

「大変よかったですけど、感動までは……」

「分かった。じゃあ、今日は家の中について説明するから」

「え」

嫌でも一ヶ月住むのだから、使うときに説明してくれたらいいのにと思ってしまう。

「さ、早く朝ご飯を食べてしまおう」

「は、はい」

上機嫌に朝食を再開した迅だったが、すぐに「あ」とまた声を上げた。

「なんですか？」

「その卵もコーヒーも、たぶん君が言うとこの『贅沢』な味だと思うから気をつけて」

「感じ悪っ」

思わずムッとしてしまったが、迅はクスクスとしばらく楽しげに笑っていたし、迅の言った通り卵もコーヒーもとても美味しくて、うふねはそれを大変悔しく思うのだった。

＊監禁三日目＊
【三十五度六分／脈拍六十三／今日のラッキースポーツはランニング】

日曜日は家の説明を受け、月曜日になれば仕事が始まる。

うふねも自分用に用意してもらった書斎で、会社のクラウドにノートパソコンをつなげる。

自社はWebコンテンツ管理を中心としたシステムプログラムを提供する会社だ。

うふねの職業は一応、プログラマーということになっているが、プログラム言語を駆使して何かを作っていくというよりは、既存のソフトを発注元の仕様に合わせて調整していく仕事が多い。

そういう仕事内容ということもあって在宅勤務が認められていたし、こうして外からもクラウドにつなげるだけで作業ができるので、ありがたい。

使用しているパソコンは迅に借りたものだが、普段うふねが使っているものよりずっと性能がよいものだった。

午前中はこれまでしていた作業の引き継ぎと、新しく入る仕事についての説明を受ける。そこで初めて、迅の会社がどのような会社なのかを知った。

Ｗｅｂ体験型コンテンツを中心に作成している会社だ。

ミーティングソフトや音声通話アプリを使って、グループごとに参加する参加型のコンテンツもあれば、ＴＲＰＧをベースにしたゲーム型のコンテンツもある。

自宅から出なくとも、色んな体験がネットを介してできるということで人気が出て、起業からたった数年にもかかわらず、ここまで大きな会社になったらしい。

（私がいるこのマンションも、そういったコンテンツの一つとして企画されたものかぁ……）

図らずも男性と二人で同居することになってしまったが、三日目となった今もそれほど困ることはない。

部屋数が多く、一人になれる部屋が確保されていることも大きいだろうが、何よりも大きいのは、必要以上に互いに詮索しないところだろう。

（むしろ一人暮らしのときより健康的ってどうなんだろう）

思わず頭を抱えてしまう。

食事の用意はほとんど迅がしている。うふねもたまに手伝うことはあるのだが、迅が一人で調理した方があっという間にできてしまうので、手出しできない。

唯一、安堵したのは、迅が調理する料理は全てミールキットで、その日に使う食材とレシピが一緒になった時短調理品だということだ。

いちいち毎日のメニューを考える必要もないうえ、きちんと使い切る分の食材しか入っていないのもありがたい。当然ながら割高なのだが、迅にとっては些細《ささい》な金額のようだった。

値段を気にしないのであればケータリングでもいい気もしたが、迅曰《いわ》く、

「自分で調理した方が好みの味付けにアレンジしやすいから」

だったのだから、元来、料理が好きな質《たち》なのだろう。

何も作りたくない日は、パンにマヨネーズとふりかけをかけて「美味しい〜！」と喜んでいるうふねとは根本的に違うのだな、と思った。

今日もしっかり迅手製の朝食と昼食をしっかりいただき、午後は新しいチームでの担当などをオンラインミーティングで話し合った。

幸い、黒沢の件は誰も知らず、うふねが今回、急遽こちらの案件に参入しても皆、疑問には思わなかったようだ。

黒沢からはあの後、メールで再度謝罪文が届いたが、うふねはそれには返信しなかった。

今回はたまたま何も起こらなくて済んだが、次もそうとは限らないし、やはり彼のしたことは許せないと思ったから。

そんなこんなで引き継ぎ諸々していたら、あっという間に仕事は定時を過ぎてしまう。

ちょうど夕刻の五時半を過ぎたとき、トントンとうふねのいる書斎の扉をノックする音がした。この家にいるのは当然もう一人、迅しかいないので「はい」と開けると、迅がトレーニングウェア姿で立っていた。

「定時で終わらせられたなら、フィットネスルームの使い方、教えるから行こう」

「あ、そういえばそんな約束でしたね」

言われるまですっかり忘れていた。

「毎日、座りっぱなしだと身体にもよくないからな」

「まあ、そうですよねぇ」

パソコンの電源を落とすと、ウォーキングクローゼットに行って、うふねもTシャツにハーフパンツと、運動しやすい格好に着替えた。

室内ではあるがフィットネスルームということで、運動靴まで昨日のうちに長山より届けられたのには困った。

届けられた服や靴などの全般にかかったお金は払うと迅に申し出たのだが、

「こちらの都合で住んでもらっているんだから気にしないで」

と断固として拒否されてしまった。

（ううう……こんなに贅沢しちゃっていいのかなあ……）

「お待たせしました」

「そんなに難しいマシンはないから安心して」

迅に促されて連れて行かれたのは二階の真ん中の部屋だった。

マンションでも二階がある部屋というのはテレビでも見たが、実際に自分で住むことになろうとは、本当に人生って分からないものだなと思ってしまう。

中に入ると、最新型と思わしきフィットネスマシンが綺麗に並んで置かれている。

「え、これ、お店？　えっ？」

複数台ずつではないので、少人数用なのは分かるが、それでも広い部屋の中に適度に設置されたトレーニングマシンは、五台。

両脇が壁なので残念ながら窓はないが、奥の壁は鏡張りでＬＥＤライトのせいか随分と明るく広く見えた。一瞬、フイットネスクラブに迷い込んでしまったのかと思ってしまう。

「こういうマシンは使ったことある？」

「ええと、こっちの方はあるんですけど……」

普通のランニングマシンと、その横にある大きな竹馬《たけうま》のようなものに乗って手足を前後に動かすマシンは、なんとなくだが使い方は分かった。

しかし、奥にある筋肉を鍛《きた》えるらしき器具は、どう使うか分からない。

「じゃあ、そっちは使うときに教える。最初に軽くストレッチしようか」

鏡の前に行くと、そこの床だけは大きなヨガマットのようなものが敷かれていた。その上に靴を脱いで立つと、迅はストレッチをし始める。

「普段から運動は？」

「いいえ、全く」

「そう。じゃあ、一人で運動するときも必ず準備運動はしてからやってね」

一人で運動する気は全くないのだが、素直に頷《うなず》いておく。

「今日は俺の真似《まね》でいいから、一緒に身体をほぐそう」

「あ、はい」

迅の横に立ち、彼の真似をしながら軽めの屈伸などをする。アキレス腱を伸ばすのなんて久しぶりだ。

「本当は筋肉を作る運動と有酸素運動を交互にした方がいいんだけど、今日は最初だから軽くランニングマシンを使うといい」

「は、はい」

（もしかして、めちゃくちゃガチな人なのでは……？）

オンラインコンテンツの作成が中心の会社だと言っていたのに、迅の体格はかなりしっかりしている理由を見た気がした。

腕の筋肉をほぐしているときなど、肩甲骨のあたりもしっかりとしているのが服越しにも分かり、どこもかしこも鍛えていない自分が少し恥ずかしくなる。

「座って、足、開いて」

「わー、子供の頃やりました」

「子供の頃……じゃあ、軽く開くくらいでいいよ」

そう言った迅は、男性とは思えないほど大きく足が開く。うふねも真似をして開こうとしたが、九十度が限界だった。

（私の身体ってこんなに衰《おとろ》えていたんだ……！）

思った以上に自分の身体が硬くなっていてビックリした。

「そのままゆっくりでいいから身体を前に倒して」

「無理です！」

ぺったりとまではいかないが、手の先は床に着く迅に対して、うふねは人形のように手を伸ばした状態で動けなかった。

「え、そこまで？」

迅が驚くのも無理はない。横から見ればただのカタカナの〝ヒ〟にしか見えないだろう。柔軟をしているうふね本人もビックリした。

「昔はもっと柔らかかったんですけど……！　えー……うそ、こんなに？」

「まあ、焦《あせ》らなくていいよ。柔軟は風呂上がりにすると柔らかくなるから、お風呂から上がったらやってみるといい」

「はい……分かりました」

身体の硬さにショックを受けながら、ゆっくりと起き上がるが、それだけでビキビキと全身が痛むことにもショックを受けた。

これは本格的に柔軟をしないと、歳をとってから大変かもしれない。

「今日、お風呂から上がったら頑張ります！」

「無理はしないようにね」

迅はそう言って柔軟を終わらせると、うふねに筋肉を鍛えるマシンの説明をしてくれる。

筋肉系のマシンは三台。上半身を鍛えるもの、下半身を鍛えるもの、それとテレビなどでよく見る後ろに大きなおもりが着いた胸筋と背筋を鍛えるマシンがあった。

「とりあえずこっちのマシンは、しばらくは俺が一緒にいるときに使ってほしい」

「壊すと大変ですものね」

「いや、違う。分からないまま使って怪我をすると大変だから」

「なるほど。分かりました。海崎さんと一緒の時だけ使いますね」

そうは言ったが、自分がこれらのマシンを使いこなせる気は全くしなかった。

それよりも少し柔軟をしただけで、股関節と背中がすでに痛くなってきていることの方が心配だ。

（私、もっと身体を鍛えないと絶対ヤバイ）

まだ二十四歳だというのに、ひしひしと自分の身体の限界を感じながら、それでもうふねはマシンの使い方を一通り迅から教わった。

そしてその後は、各自で運動することになり、うふねは無難にランニングマシンで走ることにした。その間、迅は先に筋トレをするようで、ガッシャンガッシャンとマシンを動かす音がフィットネスルームの中に響く。

「あ、スマートスピーカーに言えば音楽かかるから」

迅が筋肉を鍛えながら、鏡の脇にあるスマートスピーカーを教えてくれる。しかも最新版なのはすぐに分かった。〝タートル〟という名前の、亀のような可愛いフォルムのスピーカーだ。

「Hi、タートル。運動するときの音楽をかけて」

スマートスピーカーに迅が話しかけると、電子の女性の声で
『はい、運動するときの曲を流します』

と返事をした。

どこか聞き慣れたJ-POPが部屋の四隅にある別のスピーカーから聞こえてくる。

「そんな風にスマートスピーカーに呼びかけるのって、CMだけかと思っていました！」

走りながらも迅に向かって大きな声で話しかけると、迅が応える。

「ああ、標準のままだからね。呼び名を替えるのも面倒くさいから」

「すごいですね！」

「椎名さんもやっていいよ。リビングにもあるから、どこでも同じ呼びかけで反応するから」

「そうなんですね。もしかして朝、シェードが勝手に上がるのも？」

「そうだね」

「すごい……！」

手動でしかカーテンを開けたことがないうふねは、とても感動した。

「今、練習してみるといいよ」

迅としては、違う音楽でもかけてみるといいというつもりで言ったはずだった。

しかし、うふねとしてはスマートスピーカーの知識は、先ほども言った通りCMの知識しかない。しかもそのCMでは、子供を寝かしつける母親が、寝室でスマートスピーカーに言うのだ。

「Hi、タートル！　電気を消して！」

「!?」

迅が驚きで息を呑《の》んだ瞬間、

『分かりました』

とスマートスピーカーが返事をし、すっと音もなく電気が消えた。窓のない部屋は当然、闇に包まれる。

「わっ！」

かろうじてランニングマシンの電子パネルが光ってはいたが、いきなり明るいところから暗くなって、うふねはバランスを崩してしまう。

「椎名さん！」

闇の中、ゆっくりと時間が過ぎていく。まるでスローモーションのように、身体が後方に倒れる。このままいくと、床に後頭部をしたたかに打ち付けてしまうのは火を見るより明らかで、さすがにそれはまずいと、うふねは無意識に頭を両手で庇《かば》った。

闇の中でドサッと音がした。

「痛……くない？」

「Hi、タートル。電気をつけて」

迅の声がとても近くで聞こえた。

『分かりました』

スマートスピーカーが返事をすると、パッと灯りが点いて、うふねは自分がどんな状態になっているのか理解した。

頭を抱え込んだまま、迅の胸の中にすっぽりと入っていた。真っ暗だったにもかかわらず迅はうふねの場所を覚えていて、後ろで受け止めてくれたらしい。

ただ、暗闇だったため、そのまま尻もちをついてしまっていた。

「大丈夫だった？」

迅が心配そうにうふねに問いかける。

「は、はい。だいじょう……」

頷いて自分と迅を鏡で見て、唖然とする。

抱きかかえた迅の左手は、うふねの腹のあたりを押さえていた。右手は、あの真っ暗な状態だったので、どこを摑《つか》んでいるのかさえ分かっていなかったのだろう。

しかも頭を抱え込んでいたうふねの両手は上にあったので、すんなりとそこに手が置かれていても致し方ない。

しかし、随分がっしりと左の乳房を、迅の右手が右胸を飛び越えて摑み込んでいた。

そこそこふんわりと大きい胸は、迅の大きな指に押さえ込まれており、何の天の采配《さいはい》か、迅の人さし指と中指の間にピンポイントでうふねの乳首が入り込んでいた。

しかも、うふねは今、運動用に柔らかいスポーツブラを装着していたので、少しでも指に力が入れば乳首はたやすく挟まれる状態になっていた。

「っ！」

鏡を見て固まるうふねに、迅も鏡を見て、自分の右手が何を摑んでいるのか現状を把握したようだった。

「わっ！」

迅が酷く慌てた声を上げ、右手を引こうとした。しかしその拍子に指の間に力を込めてしまったらしく、ピンポイントでうふねの乳首を挟んでしまう。

くりっと摘まれたような感触に、背筋が粟立《あわだ》った。

「んっ」

情けない声を上げてしまうと、迅が背後で息を吞んだのが分かった。

慌てて迅が手を離したが、きっと乳首を挟んだのは迅も分かったはずだ。

「ごめんっ！」

(は、恥ずかしい……！)

二人して、なんとも言えない気まずさに固まってしまう。

迅はそっとうふねから離れると、やましいことなどないように両手を後ろに回した。

その耳が酷く赤くなっていたのだが、うふねも自分のことにいっぱいいっぱいで、そこまでは気づかない。

「あ、その……ごめん」

もう一度、とても申し訳なさそうに迅が謝罪した。

「い、いえ！　むしろ私の方がつまらないものを触らせてしまって……！」

「いや、つまらなくなんて……じゃなくて、その、ここでは電気は……その、消すようなことは言わない方がいいと思う」

何言ってるんだ俺は……と迅がぼやいている。

あまりにも気まずくなってしまったが、それでもこのまま黙っているわけにもいかなかったので、うふねは口を開く。

「と、とりあえずもう少し、走ります」

「お、俺も筋トレする……」

迅も自分に言い聞かせるように言った。

その後は二人とも黙々と運動をこなし、どことなく気まずさは残ったまま、二人は一日を過ごした。

＊監禁四日目＊
【三十五度八分／脈拍五十七／今日のラッキーアイテムはゲーム】


翌日の火曜日。うふねは妹のさはりに連絡をした。

急な出張になってしまって家に帰れなくなったという体《てい》で、自分のアパートの換気や冷蔵庫の整理を頼んだのだ。

県をまたぐので少し遠いが、鍵は一本預けてあるし、電車で日帰りできる距離なので、何度か遊びに来ていたさはりは気軽に了承してくれた。

だが電話の向こうで、

『まさかお姉ちゃん、誰かに監禁されているとか、そんなことないよね?』

と、疑い深い妹がそう尋ねてきたときはヒヤリとした。

自分の意思でとどまることを決めたので、これは決して監禁ではないはずだ。

「だ、大丈夫。普通にすごくいい短期賃貸のマンションに仮住まいさせてもらっているから」

『それならいいけど……あ、今度の正月も実家に帰ってこない方がいいと思う』

さはりが少しだけ声のトーンを落としてそう言った。

「え、なんで?」

『なんか興信所がこの前お姉ちゃんのこと聞きに来たから』

「……」

うふねにとって、興信所やら探偵の身辺調査は、かなり身近だ。

自分の何が人に執着を持たれるのか、うふねには分からない。

家族やうふねの友達になってくれた人たちは、そこまでの執着を持たないからだ。

それなのに、どういう基準なのか、ある一定数には、酷くうふねはハマるのだと、嫌というほど思い知らされてきた。

だから、この前の山島の件も酷く恐ろしかったが、またかという気持ちもほんの少しだけあった。

「毎回、ごめんね、さはり……」

いつもそんな嫌なことに関わらせてしまう家族に謝ると、さはりが強くそれを否定する。

『謝んないでよ。別にお姉ちゃんが悪いわけじゃないんだから。世の中、糞《くそ》みたいな変態が多すぎるんだよ。でも、そういうわけだから、お姉ちゃんも気をつけてね！』

「うん、分かった」

電話を切って、うふねは深く長いため息を吐《つ》いた。

まだ実家に直接聞きにいっている分だけ、興信所も良心的なところなのかもしれない。

そう思うのは、裏で勝手に調べられることの方が多いからだ。大抵、直接調べた相手から、「うふねちゃんって……」と話を打ち明けられることが何度もあった。

そういうことが気持ち悪いと思う感覚は、すでにすり切れている。

「ふぅ……」

気分転換にコーヒーでも飲もうと、書斎からリビングに出る。

四日目ともなると、この家にも慣れてきた。

迅とも食事のとき以外はほとんど会うこともないので、それほど気遣うこともない。

まあ、昨日のようにうふねの不注意で気まずくなってしまったことは仕方ないが、今朝は迅もそれを気にしていたらしく、

「こまめに身体を動かした方がいいと思うから、自分のタイミングで、好きな時間に行っていいから」

そう言うので、基本、互いに一人で運動することになった。

もちろん、筋トレのマシンを使うときは迅を呼ぶ必要があるが、うふねとしては、しばらくはランニングマシンだけで十分な気がした。

キッチンでコーヒーを淹れる。ボタンを押せば勝手に豆からドリップしてくれる機械なので、それほど手間はない。

スマートスピーカーのときも思ったが、この部屋は随分、機械が充実している。

迅もこの部屋に来たのは同じ四日前のはずなのに、どの機械も簡単に使いこなしていた。

元来、そういった機械系が好きなのだろう。

見た目は洗練されたイケメン社長だが、話してみると迅の本質は確かに長山が言った通り、少女漫画系男子だと思った。

(紳士だもんなあ)

うふねに対してきちんと一定の距離をもって接し、意識してうふねを性的に見ないでくれているのが分かる。

昨日の今日だって、耳を赤くしながら「おはよう」と言ってくれたが、その後はなるべく視線を合わさないようにしている姿は、うふねの方が照れくさくなるほどだった。

「いい人、だよね……」

たった三日間しか一緒にはいないが、それだけでも海崎迅という人間は、良心的な人間であるということは、分かった。

ジュワーと蒸気のあがる音がして、コーヒーがカップにドリップされてくる。コーヒー特有の香味の効いた香りに、先ほどの電話で波立っていた心が落ち着いていく。

きっとこのコーヒー豆も、うふねからしてみれば〝贅沢〟な一品なのだろうとは思う。

(こんな生活、一ヶ月もしていたら元の生活に戻るの大変かもなあ)

思わず苦笑いを浮かべてしまうが、それでも帰ったら、また元の自分に戻ることも分かっていた。

周囲に違和感なくなじめること。

それは、うふねの得意とすることだからだ。

できあがったコーヒーを取り出そうとしたときだった。

カチャリと音を立てて、二階の書斎から迅が出てきた。この家の書斎は一階と二階に分かれていて、うふねは一階の方を借りていた。

「あ、コーヒー飲まれますか?」

二階の廊下から直《じか》でリビングが見渡せる設計は一体誰が考えたのだろうと思うが、本当に贅沢な作りだと思う。廊下の手すりに手をかけて、迅はこちらの方を見ると、

「ああ、お願いしようかな」

と言った。少し疲れたような顔なのは、仕事が煮詰まっているのかもしれない。

うふねはニコリと微笑むと、何も言わずにコーヒーを作り始める。

迅は階段を下りてくると、食事をとるテーブルの席に座った。

うふねは、自分の分とは別に改めて用意したコーヒーを渡す。

「ありがとう」

ニコリと笑い返してくれた迅は、くたびれて見えた。

（うーん……どうしようかな）

このままコーヒーを持って書斎に戻ってもよかったが、迅の様子を見ていると、どこか人恋しげな雰囲気《ふんいき》を感じたので、そのままテーブルの向かいの席に座る。

そして黙ったまま、ゆっくりとコーヒーを飲んだ。

「椎名さんは、もうこの生活には慣れた？」

すると、少しも経たないうちに迅がそううふねに尋ねた。

「そうですね。少ししかいませんが、素敵《すてき》なお家ですよね」

「どの辺が？」

「これだけ広いと、個人のスペースを無理して作らなくてすむところがいいですね」

住んでいる人数が二人だと言っても、１Ｋのアパートなどではここまで他人を気にしないではいられなかったように思える。

「それは実際に一緒に住んでいるからだよね？　もし、インターネット空間だったらどうかな？　これくらいの広さは必要だと思う？」

「え？」

思いがけないことを聞かれて戸惑う。

（インターネット空間……？）

そういえば、迅の会社はオンラインコンテンツを中心に作成している会社だ。

この部屋も仕事の一環だと言っていたことを思い出す。

「インターネット……ですか？　それは例えばどんな……？」

「ああ、じゃあ、これからやってみようか！」

「え？」

迅が子供のようにキラキラした顔でうふねを見てくる。

「うちは今までは音声チャットとロールプレイングがメインだったんだけど、最近はバーチャルの方にも力を入れていてね」

そう言いながら迅は立ち上がると、コーヒーも飲みかけのまま、うふねを促《うなが》す。

彼が案内してくれたのは一階の一番端の、シアタールームだった。

壁側に大きな画面があり、天井には投影機がついている。脇の棚には何台かのゲーム機とパソコンがつながっているので、それらの映像が画面に映るのだろう。

「定額のネット番組にも入っているから、時間があるときは見てもいいから」

（本当にこの家から一度も出ずに、一ヶ月過ごせてしまうかも……）

休みだったならば、ずっとこの部屋に籠《こ》もっていたい誘惑に駆られてしまう。それでも初めて見るオーディオ機器を自分でつなげることは、うふねには難しそうに思えた。

「機械関係全般、詳しいんですね……」

「まあ、こういう系統に強いだけかな」

そう言いながらも、迅は楽しそうに機械を接続しているので、元来、こういったことが好きなのだろう。

「それで、これをつけてくれるかな？」

「あ、はい」

白いつるりとした頭から被るゴーグルのようなものと、両手に持つコントローラーを渡された。ゴーグルを被ると目の前に画面が映る。

「わあ……！」

ブゥンと起動音がしてゴーグルが反応すると、視界全体が緑色の草原になった。

「目の前にいるアバターが自分だから」

「あ、はい」

どうやら今、目の前にいるピンク色の髪の女の子が自分らしい。頭を振ると同じようにアバターも頭を振り、両手を振っても同じように動いた。

そして、右を見ると視界もそちら側《がわ》の草原、後ろを振り返っても草原。三百六十度、全方位が見渡せる。

「す、すごい」

「まだこれは試作なんだけど、これのこういう部屋のバージョンを作ってるんだ」

カチカチと迅が何か操作する音の後、周囲の画面が切り替わり、そこは今自分たちがいるシアタールームを、そのままグラフィック化した部屋が映し出される。

「ひえ……」

「で、この部屋の中でアバターを通して映画を見ることも可能」

「え、え、えええ」

部屋の中の壁の画面が白くなり、そこに映像が映し出される。先ほどの草原だ。

(ここはバーチャルの世界の中で、その中で更に映像を見る……？)

頭がこんがらがってくるが、今まで体験したことのない未知の体験はとても楽しい。

「すごいですね、これ！」

思わず声を上げると、迅も嬉しそうに応える。

「ありがとう。こういうの苦手な人もいるから、そう言ってもらえると安心できる」

「この中で映画とか見られるなら、外出できない人にとっても、楽しめそうですね」

「そうだね。色んな人に使ってもらえる可能性がバーチャル空間にはあるんだよ！」

迅がこの分野に可能性を見いだしていることがよく分かった。

まだまだうふねにはなじみのない世界ではあったが、こうして体験してみると、忌避《きひ》感はそれほどない。

むしろ現実に限りなく近い状態で楽しめることは、色んな可能性につながるように思えた。

「例えば遠距離の恋人たちが、バーチャル空間で夜だけ会うことも可能だと俺は思っている」

「それは素敵ですね」

夜、ネットにつなげるだけで彼氏と同じ部屋に暮らせるなら、なんて素敵なことだろう。

「ああ、だからより現実的な環境が必要なんですね。それならこの家みたいな作りだったら、住むのもとっても楽しそうですね！　彼氏と一緒に映画を見たり、ご飯を作ったり……」

「残念だけど、まだ味覚に作用する機械は開発されてないんだ」

「ああ、じゃあ、駄目《だめ》かあ。ええと、それじゃ……」

（恋人同士で同棲してすることってなんだろう？）

独り身の期間が長いので、すぐに出てこない。とりあえず自分が家ですることを思い浮かべて、うふねは無邪気《むじゃき》に思いついたことを言う。

「お風呂とかも楽しそうですね！」

「……」

何故か迅が黙りこくってしまった。

「海崎さん？」

不思議に思い、ゴーグルを外して彼の方を見ると、迅はほんのりと耳を赤くして、うふねから目を逸らしている。

「ん？」

「ご、ごめん……俺の会社ではアダルトコンテンツはやってないんだ」

ポツリと小さい声でそう言われて、そこでようやくうふねは自分の鈍感すぎる発言に気づいた。

単純に一人で入るお風呂が好きなのでそう言ったのだが、あの会話の流れでお風呂と言えば、それは当然二人で入るものだと思われただろう。

「ち、違います！　お風呂は私が好きなだけで……！」

「そう……」

更に迅が恥ずかしそうに目を伏せた。

（ああああああ！　もしかして私が彼氏とお風呂に入ることが好きだと思われた？）

「待って！　待って！　そうじゃなくて！　私、彼氏とお風呂に一緒に入ったことなんて一度もありませんから！」

力強く発言してから、何を自分は告白しているのだと思った。
赤裸々《せきらら》な告白を受けた迅は伏し目がちだった顔を上げると、なんとも言えない微妙な顔で
「そ、そうなんだ」
とだけ応えてくれたが、他に彼がどう反応すればよかったのか分からないことは、その顔で十分に分かったし、自分の失言をうふねは心の底から後悔した。

＊監禁五日目＊
【三十六度四分／脈拍七十／今日のラッキーカラーは紫】


『で、椎名さんとの同居はどう？』

二階の書斎で、今日も今日で長山との定期ミーティングだ。

椅子《いす》に深く座る迅の姿を見ながら、長山は会社にいるのだろう。見慣れた会議室をバッグにニヤニヤとこちらを見ている。

迅は「あーーー……」と、声を伸ばしながら回答に窮《きゅう》する。

『何？　もしかして迫られた？』

「いや、彼女、そういうのは全くない」

それだけは迅にも分かった。

椎名うふねという女性は良くも悪くも〝天然〟である。

それが五日目にして迅が下した結論だ。

身体を使ってフェロモン全開で発情してくる女とは真逆のタイプなのでそれは助かったと思うが、別の意味でまずい気がするのは何故だろう。

『こっちも椎名さんのこと調べたけど、いやー、すごいね、彼女。見た感じはポヤッとしているのに、なかなかの壮絶人生』

「は？」

今朝は蕎麦《そば》クレープを作って食べさせたら、「カフェぇ……」と変な声を上げて喜んで食べていたうふねを思い出す。

彼女のどこに壮絶人生があるのか、迅には全く分からない。

『今、チャットでアドレスと資料送る』

「ああ」

お互いの顔を写すメインモニターの横には、サブモニターも二つある。そのうちの一つでメッセンジャーを起動すると、長山からＰＤＦとどこかのサイトのＵＲＬが送られてきた。

ＰＤＦを開くとそれは新聞記事で、『中学校女性教諭、教え子を一晩連れ回す』という物騒なタイトルの新聞記事が目に飛び込んできた。

内容を読むと、十年ほど前の地方での事件だった。女性教諭に女子学生が誘拐されるというなんとも物騒な記事だ。

女性教諭は女子学生を自分だけの教え子にしたいという意味不明の供述をしていると記事には載っており、そんな理由で連れさらわれた方はたまったものではないと感じた。

「まさか……」

『そ。それが椎名さん。彼女、地元では超有名らしいよ。評判はピンキリ。すごい熱狂的にべた褒《ぼ》めする人もいれば、酷く貶《けな》す人もいる。けど、大半の人には〝普通のいい子〟で通ってる。なんだろうね、何かに引っかかるとやばいタイプらしい。ある意味、魔性の女なのかな』

「魔性の女……」

とてもうふねからは想像できない言葉に思えた。

添付されたＵＲＬアドレスがどこにつながっているのか不安に思いつつも、迅はブラウザで開く。

すると、そこには写真投稿でよく使われるＳＮＳのプラットホームが現れた。

アカウントには可愛らしい鳥かごに、綺麗な桃色の小鳥がいる写真がアイコンとして表示されており、アカウント名は〝ｕｆｕ〟となっている。

投稿を見ると、若い女性のアカウントらしく、カフェランチや綺麗な夕焼けの写真が投稿されていた。

「おい、この女性のアカウントはなんだ？」

『それ、たぶんうふねちゃんのストーカーのアカウント』

「は？」

『彼女がよく行くカフェに、彼女の家の近所の写真』

うふねの家を知らないので分からないが、長山が調べたのだからそうなのだろう。

「なんでストーカーって……」

『うふねちゃん、アカウント持ってないらしいよ。この前、メールで確認済み。まあ、昔からストーカーに悩まされているみたいだから、そういう誘引しかねないプラットホームは持たないはずだよね。けれど、それはうふねちゃんの行動をなぞるようにして、その近辺の写真載せているんだよね。まるで居場所をみんなに知らせるみたいに』

「なんでそんなこと……」

意図が全く分からず、とりあえず写真をスクロールしていく。

するとあからさまに隠し撮りだと分かる写真があった。

ショップで服を選んでいるうふねの背中が映っている。背中姿なので誰か分かりはしないが、後ろ姿はうふねに似ている。

【今日は上京してきた妹とショッピング】

とコメントが書いてはあるが、これをうふねが投稿していないのだとしたら、誰が一体――

と思ったところで、一枚の写真を確認してゾッとした。

一番、最新の投稿。

【お仕事でタワーマンション】

コメントとともに投稿している写真は、迅たちがいるこのマンションだった。

誰かがうふねの後をつけているのだとしか思えなかった。

「これ、本人は知っているのか？」

『このアカウントは知らないだろうけど、こういう自分の偽物《にせもの》が湧いていることは知っているんじゃないかな。他のＳＮＳでも何個か類似のアカウントは見つけたよ』

能天気そうに見えたのに、ここまで執着されているのを見ると、異常だと感じた。

『彼氏がいないってのは確からしい。学生時代に最後に付き合った彼氏は、彼女のストーカーに脅《おど》されて別れたみたいだな』

「あんなに普通に暮らしているのに……」

『まあ、それでもレイプされそうになった当日に、全く知らないどっかの社長と一緒に住もうと思うんだから、あの子もなかなか強いよね』

「……」

それは本当に強いのか、迅には分からなかった。

子供の頃からそこまで知らない誰かに執着されて、そんな人生を歩んできて、それでも普通に生きていくことは、どれだけ難しいことだろうと思ってしまう。
『俺が話した感じでは普通の女の子にしか見えないけど、迅からしたらどうなのよ?』
「いや……俺から見ても普通の……」
そこまで言って、迅は黙ってしまう。
ここ三日ほどのでき事が、ザーッと脳裏を駆け巡ったからだ。
朝食の卵一つでさえ〝贅沢〟だと喜ぶちょっと変わったところ。
暗い場所で抱きしめて謝って胸を触ってしまったこと。
聞いてもいないのに、彼氏とお風呂に入ったことはないと告白されたこと。
毎日、何かしら起こっていることは、まるで恋愛ゲームのような展開だった。
一緒にいて、こんなにめまぐるしい女性は初めてだ。
『迅、先に言っておくけど、くれぐれもセックスするなら合意の上でしてくれよ』
「はっ⁉」
いきなり何を言い出すのかと画面を見れば、長山が少しだけ不安そうに迅を見ていた。
それは親友を気遣う顔で、彼が言わんとしていることは迅とて重々承知だった。
『俺はお前だから大丈夫だって、椎名さんに言ったんだからな』
「それは俺も分かっているし、どんなにムラムラしようが、絶対にしない」
『お前、ムラムラはするのか』

「あ」

自分で言ってから、失言に気づく。これでは昨日のうふねを笑えない。

『まだ一週間も経ってないのに、いやはや、本当に魔性の女？』

少しだけ長山の顔が引き攣《つ》った。

『まあ、お前が一緒に住んでもいいいと思った時点で、かなり好みなんだろうなとは思ったんだけどね！　それは俺も分かっていた！』

「お、おい……！」

『だけど社長が犯罪者になるのは困～るぅぅぅ～～』

画面の前でぐるぐると椅子を回転し始めた長山は、歌うように言った。

「お前なあ～！」

『んじゃ、改めて連絡するから！』

怒られる前にブツッと長山は通信を切った。

「いくら好みだからって、そんなすぐに手を出せるか、アホ」

ついこの前まで別の女と付き合っていたのだ。

まあ、そのとき抱いていた愛情は木っ端みじんに砕かれてはいるのだが、それでも新しく誰かを好きになることは、当分ないと思っていた。

それほど自分のことを惚《ほ》れやすい質《たち》だとも思っていなかったからだ。

（けど、なんだか居心地がいいんだよなあ）

一緒にいるのが苦ではない。

それに確かに、ぐっとくることもあった。

何かに引っかかるとやばいタイプ。

ある意味、魔性の女――長山の言っていたことを思い出して、思わず顔をしかめてしまう。

「魔性の女なわけあるか……」

そんな悪い子ではない。

そう言い訳している時点で、十分惹《ひ》かれているし、十分うふねは〝魔性〟があり得るのだが、迅はそれらの可能性には一切蓋《ふた》をする。

「第一、一週間やそこらで何が起こるって言うんだ！」

自分に言い聞かせるようにして、迅は別のアプリを開いて仕事を始めた。

＊監禁六日目＊

『お前は一生、一人で生きていけ！』

そう言われたのはいつのことだったろうか。

ずっと――ずっと、自分の心にその言葉が染みついて、落ちない。

うふねが、その言葉に引きずられて、もしかすると自分はずっと一人なのかもしれないと思ったのは、高校生のときだ。

学校の下駄箱。放課後。向かい合う男女。

うつむいたうふねは自分が制服を着ていることを確認し、これが夢だと気づいた。

しかも、過去にあったことの繰り返しだ。

(何も今見せる必要もないのに……)

うふねのことが好きで好きでたまらないと言った少年の手には、数枚の写真と、一通の手紙、そして使用済みのゴムの入ったビニール袋があった。彼の下駄箱に突っ込まれていたらしい。

写真に写っているのはうふねとその少年で、彼の家に入る様子だ。写真サイズに引き延ばしたせいか画質の悪くなっていることから、スマホのカメラで遠くから撮っているのかもしれない。

彼の家に昨日、うふねは遊びに行った。両親はいなくて、夜まで彼の家にいた。

その間に何をしていたかなんて二人しか知らないはずなのに、彼が処分したと思っていたゴムが、気持ち悪さを助長する。

「なんだよ、これ。ふざけんなよ」

添えられた手紙には、便せん一枚に『椎名うふねを返せ返せ返せ』と何行にも渡ってびっしりと書いてあった。

「ごめん……」

心当たりしかなかったうふねがそう謝ってしまったのは、彼女の中ではその気持ち悪い出来事も日常に近いぐらい繰り返されていたからだった。

こういうとき、どんな顔をして、少年に何を言えばよかったのか。

それは大人になった今でもうふねには分からない。

ただ、泣きそうな顔で、笑みさえ浮かべてるかのように見える口角に、少年が怯《おび》えたのは確かで。

「お前、気持ち悪いよ」

まるで異物でも見るかのようにそう言われた。

あんなにも、うふねのことを好きだと言ったその口で、容赦なく突き放され――

うふねは一人になった。

「――はっ！」

そこで一気に覚醒して目が覚めた。

ガバリと身体を起こし、窓の外を確認する。ここは一階ではないがベランダに誰かいる可能性は捨ててはならない。もしくは遠方からの盗撮か。

ゴソゴソと枕元を探ってスマートフォンを手に取る。

そして窓の外を睨《にら》みつけようとして、ここが自分の家ではないことに気がついた。

（あ、そっか……ここ、違うんだ）

ローマンシェードで隠された大きな窓の向こう側は、見晴らしのいい高層からの眺《なが》めがあるはずだし、ぐっすりと眠れていたソファは、自分の安物の座布団みたいに潰れた布団でもない。

「はぁ……」

夢なのに非常に疲れてため息をついた。

スマホで確認すると、まだ明け方にもならない三時半だ。当然、外は暗いだろう。ローマンシェードは遮光らしく、一切の光は入ってこないようだった。

室内では、真っ暗になることを防ぐために床に埋められた常夜灯がほんのりと淡く光っている。リビングだけはそういう仕様なのだ。

そのことを今ほどありがたいと思うことはなかった。

（真っ暗だったら、ここがどこか分からなくなるところだった……）

もう一度寝直そうともしたが、夢見が悪かったせいか目が冴えてしまい、うふねはそのまままゆるゆると起き上がり、キッチンへと向かう。

（あまり早く起きちゃうと、海崎さんも目が覚めるかもしれないし……）

居候《いそうろう》の分際で家主の睡眠の邪魔だけはしたくない。

仕方なくこのままソファでゴロゴロしていようと思ったときだった。

カチャッとドアが開く音がした。そちらを見ると、迅が一階の寝室から出てくる。

「あれ、椎名さんどうしたの？」

キッチンカウンターで水を飲んでいるうふねを見て、迅が驚く。

「すみません、なんだか目が冴えちゃって」

怖い夢を見た、とは言えなかった。

内容を聞かれても困るし、あれは夢の中ではあったが、現実に起こったことの追体験だったので、わざわざ迅に伝える気にもなれなかったからだ。

「変な時間に目が覚めると、寝られなくなっちゃうよね」

そう言いながら迅はこちらに来て、冷蔵庫を開ける。中からトニックウォーターを取り出すと、そのままゴクゴクと飲み始める。

薄暗い部屋の中、淡い光源しか存在しない場所で、迅の喉仏の陰影はより深くはっきりとして見えた。飲み干すたびに、ぐぴぐぴと動く姿に思わず見蕩《みと》れていると、迅は半分まで飲み終えてから、ぐっと口を拭《ぬぐ》った。

一つ一つの所作は決して丁寧とは言えないのに、どこか色気がある。

（この人、本当に格好いいなあ）

ただ水を飲んでいるだけなのに、見入ってしまう。

薄暗いから分からないだろうと思っていたのに、めざとく迅はその視線に気づいた。

「何？」

「いや、格好いいなあ……と思いまして」

「ゴフッ」

タイミングが悪く、もう一口迅が口をつけた瞬間だったので、彼はむせてしまう。

「あ、すみません」

「ゴホゴホっ。いや……その、いきなり言われたから。ごめん。もしかして寝ぼけてる？」

苦笑いしながらこちらを見る迅の顔は、誰が見てもハッとするほど綺麗な顔だ。それで人の目を疑うなんて変なことだと思う。

「寝ぼけてないですよ。水を飲む姿も様《さま》になるなんて、すごいなあと感心していただけです」

「顔だけよくてもなぁ……」

迅が自嘲《じちょう》する。

（あれ……？）

珍しく自信なさげなその顔を不思議に思い、そういえばこの時間に彼が起きてきたのも初めてだと気づいた。

うふねは寝ていても人の気配にはすぐ気づく。それが習慣になっているからだが、ここに来て迅が夜中に寝室から出たのは初めてだ。

迅のことだから、気を遣って夜中に部屋を出ることは極力控えそうなものだ。

そんな彼が何故、うふねが起きる可能性があっても部屋を出てきたのか。

「もしかして、嫌な夢でも見ました？」

「うっ」

分かりやすく迅が動揺した。

どうやら今夜は、迅もうふねも悪夢を見たらしい。

水を飲んでそれが夢だと思わないとやってられないような夢。

「嫌な夢って人に話すといいんですって。話すことで忘れられるらしいですよ」

カウンターに座りながら、向かい側の迅を見る。迅は気まずそうな顔だったが、やがて観念したようにポツリと話す。

「元カノが寝室で男に抱かれている現場を目撃する夢を見たんだ……というか、現実なんだけど」

「あ、すみません。それ、言いたくない系の夢ですね」

（重い……！）

予想以上に重くてしんどい夢だったので、すぐにうふねは謝って引く。

迅は手を振って言う。

「いや、ごめん。言ったら忘れられるならって……俺も余計なこと話した……！」

後悔が滲《にじ》む顔に、彼が何に縛られているか分かった。

（あ、自信を失っているのか）

成功している会社の社長で、もうすぐ結婚する彼女もいて。

この若さで成功しているのだ。彼の人生は順風満帆《じゅんぷうまんぱん》だっただろう。

それが恋人だった女性の容赦ない裏切りで、酷くプライドを傷つけられた。しかも自分の寝室でなんて、どれほど彼の心は傷つけられただろう。

「海崎さん、ちょっと頭出してください」

「ん？」

ちょいちょいと手でこまねくと、迅は素直に頭を寄せてくる。そういうところは年上なのに可愛いと思えた。

うふねはその頭に手を置くとポンポンと撫《な》でて、優しい声で囁《ささや》く。

「大丈夫ですよ、あなたはとても素敵な人ですよ」

「し、椎名さん!?」

子供のように頭を撫でられていることが恥ずかしいのだろう。

それでも逃げない迅に対し、柔らかい髪をくしゃりとしながら、更に優しい声で囁く。

「しんどいことの後にはいいことが必ず来るんです。頑張った分、ご褒美は必ずあります。だから、自分が悪いって思わなくていいんですよ」

「……！」

迅が息を呑む。

（きっと自分のこと責めたんだろうなあ）

長山とオンラインミーティングをしていたときは、なんてことないように婚約者との顛末《てんまつ》を話してはいたし、誰が見たって悪いのはその女性だ。

それでも一緒に住んでいた分、愛していた分、情は湧く。

そして考えてしまう。

もしかしたら、自分にも何か悪いところがあったのではないかと。

たぶん、迅はそんなタイプだろうと思った。見ず知らずのうふねにも優しいのだ。

彼は根っからの善人だ。

（よくこんな人が社長なんてできるなあ）

そう思ったが、なかなか癖《くせ》がある長山もいるし、愛情がある人が誰に対しても優しいとは限らないことも知っているので、迅にもうふねの知らない別の面もあるのだろうと思った。

それでも、内側に入れた人間に対しては、たぶん、どうしようもなく甘くなってしまうだろう彼の性分は、一週間もいないのに察することができた。

「忘れちゃってください。海崎さんを傷つける夢は過去のことです。今の海崎さんを傷つけることはありません」

それはうふね自身にも言えることだ。

過去の夢を見たところで所詮それは過去のことだ。変えようもない事実がそこにあるだけで、それを今どうこうできることはない。

なら、前を向くしかない。

「大丈夫です、海崎さん」

(大丈夫)

「まだ頑張れますよ」

(まだ私は頑張れる)

迅を励ましながら、己自身も鼓舞《こぶ》する。

すると、頭を撫でていた手をきゅっと優しく迅が握ってくる。

頭をこちらに差し出した状態なので彼がどんな顔をしているのか分からないし、薄明かりでは彼が赤くなっているかも分からない。

しかし次の瞬間、ぼやくように呟かれた言葉に思わずうふねは笑ってしまう。

「これはなかなか……くる……」

(この人、可愛いなあ!)

頭を出してくる素直さも、撫でられて励まされたことを恥ずかしいと思う気持ちを正直に述べてしまうところも、とても好ましいと思った。

「眠れそうですか？」

そっと手を引き抜くと、迅がゆっくりと顔を上げた。

気恥ずかしそうにこちらを見た彼は、「ああ」と頷いた。

「椎名さんは眠れそう？　あ、もしかして椎名さんも怖い夢を見た？」

うふねの顔を見て、何か思うところがあったのだろう。

そう尋ねられてうふねは小さく首を振って嘘《うそ》を吐く。

「大丈夫ですよ、ただ目が覚めただけです」

「そう……もし、椎名さんが怖い夢を見たときは、俺に言ってね」

（ストーカーに自分たちの使用済みゴムを下駄箱に突っ込まれて、彼氏に振られましたとは、さすがに言えないかなあ？）

迅の夢よりも引かれる自信があったので、笑顔で何もなかったことを装う。

「おやすみなさい、海崎さん」

「うん、ありがとう、椎名さん」

そう言った迅の顔はどこかスッキリした顔だったので安心する。

彼が寝室に入るのを見届けてから、自分もソファにまた横になる。

眠れないと思ったが、迅と話したことは思った以上にうふねにとっても、いい効果があったようで。

ふぁ……と小さくあくびが漏《も》れて、うふねは目を閉じた。

（次は何も夢を見ないといいな……）

危うく寝坊しそうになるくらいにはぐっすり眠ることができた。


【三十五度七分／脈拍八十／今日のラッキーアイテムはベッド】

＊監禁七日目＊
【三十五度九分／脈拍七十／ラッキーアイテムは眼鏡】


『初めまして、畑です』

「初めまして、椎名です」

画面の向こうでこちらに挨拶をしてきたのは、ふくよかな体型に眼鏡をかけた男性だった。その隣には頭を抱えて半べそをかいている長山もいる。

一方、こちらはリビングのソファで、迅とうふねが並んで座っていた。

『今回の件、長山から昨日全て聞きました』

はあ……とため息を吐く畑は、迅と長山の共同経営者らしい。

社長の肩書きは迅に。副社長の肩書きを長山に。そして畑は総合ディレクターという役割だと教えてもらった。

現場で一番偉い人。その彼が、酷く恐縮してうふねに頭を下げる。

「い、いえ。こちらが最初に助けていただいたので……」

『それは人として当たり前のことです。むしろその弱みにつけ込んで、女性と同居に持ち込むなんて言語道断です』

（あー、めちゃくちゃ常識人だぁ）

どこか迅も長山も浮世離れしているところがあったので、会社の一番上に立つ人たちだから、うふねの理解できない何かがあるのだろうと思ったが、畑は至って普通の常識人だった。

『ううう……だから畑に報告するつもりはなかったのに』

『俺のGOサインなくして、企画が通ると思うなよ』

『だからってあれほど頭ぶっ叩《たた》かなくても』

『それだけで済んでよかったと思え』

どうやら畑は迅とうふねが一緒に住むことを知って、怒っているようだった。

『迅も迅だ。どうしてすぐに鍵を壊さなかった？』

「それは……」

隣で迅が気まずそうな顔になる。

『一人で一ヶ月籠もるなら俺も文句は言わない。だが、会社の企画で女性と住むのだけは駄目だ。万が一、何かあったらどうするつもりだったんだ』

「そ、そんなことはないって椎名さんにはきちんと説明している」

『説明して理解できても感情はいつもどうなるか分からんだろうが、馬鹿め。仮に何もなかったとしても一ヶ月も見知らぬ男と一緒に住んで、彼女に何もなかったと周囲が信じると思うのか?』

「ぐっ……」

正論に迅が口ごもる。

少ししか一緒に暮らしてはいないが、迅の人間性は信頼できるとうふねは思っている。

だが、周囲の人間が本当にそれを信じてくれるとは限らない。

「あ、私……噂《うわさ》くらいなら平気なので」

うふねがそっと助け船を出す。

これまでだって心ない噂はたくさんあった。

それに心を傷つけられることも多々あったが、傷つくことで一番喜ぶのは、何も自分と関係のない赤の他人だと、思い知らされてきている。

まして今は在宅勤務中なので、会社で噂になっても、うふねの耳に届くことはない。

自分が聞いていないことは、ないのと同じ。

そう思うことで全てを乗り越えてきたうふねにとって、迅との噂が出ても特に困ることはなかった。

「あ、ですが、海崎さんの方で私と変な噂が出ると困るのであれば、すぐに出て行きます」

『いやいや、椎名さん！　迅の噂なんて掃いて捨てるどころじゃなくあるので安心して！』

それをすかさず止めに入ったのは長山だ。

「はあ……」

どこに安心する要素があるのか全く分からないが、隣で迅も
「社長なんかしていると、多いんだよ。元カノの話も面白おかしく脚色されて噂されているから」

と苦笑した。どこか自虐的な笑みなのは、元カノさんとの噂があまりいいものではないからだろう。

「海崎さん……」

迅の気持ちを思うと、うふねも切なくなる。

しかし、そんなうふねの感傷を容赦なく長山が叩《たた》き潰す。

『ちなみに今、社内で一番流れている噂は、元カノはカモフラージュで、実は俺と付き合っ

ているという話です、ハハハハ』

「は？」

『ほんと、なんでそんな噂なんだ！　冗談でも気持ちが悪すぎる！』

迅も長山に同意して項垂《うなだ》れる。どうやら彼も知っている噂だったらしく、自分の両腕をさすって、「鳥肌が立つ！」と呻《うめ》いた。

「え、面白おかしくってそういう？」

迅にとってもっと悲しい噂だと思っていたので、全く思いがけない方の噂に唖然としてしまう。

「俺もどれほど冗談として片付けたかったか……けど、社員の女子の間でそういう噂が出ているのは本当だから」

『それは聞いているが、一部の女子社員にはその噂、妄想のおかげで仕事も捗《はかど》るらしいから、あってもいいだろう』

畑だけは自分が関わっていないせいか、容認している。

『だから俺が会社の女の子を飲みに誘っても誰もこないんだよ！　迅と畑が俺の婚活を邪魔してくるんですけど⁉』

長山が突っ伏してうわーんと泣き真似をすると、すかさず畑がその頭をパコーンといい音を立てて叩いた。そしてこちら側では迅が、

「仕事が捗る妄想ってどんなだよ……」

とぼやいている。画面越しだというのに、この三人は会社を立ち上げた仲間だけあって、随分仲がよさそうだった。うふねは思わずくすくすと笑ってしまう。

「すみません……」

「いや、いいよ。別に本当じゃないし」

迅がうふねの方を見て微笑んでくる。

一瞬、画面の向こうで長山と畑の二人が大きく目を見開いたが、迅を見ていたうふねは気づかなかった。

「けど、お互いに噂が気にならないのであれば、私はこのままここで一ヶ月住みたいです」

笑った後に、今度は画面に視線を戻して、うふねはそう言った。

「実は、この前の山島さんの件もそうなんですが、私、ちょっとストーカーとかいまして。美人でもないのに変な人に好かれちゃって……今、在宅勤務なのもその関係なんです」

へらっと笑っては見せたが、畑も長山も、横にいる迅も、黙ってうふねの言葉を聞いていた。

もしかすると長山はうふねの事情は調べているのかもしれないが、それなら自分の言葉でも打ち明けるべきだと思えたのだ。

「ここにいることは誰も知らないから、深夜に郵便受けが突然ガチャガチャ鳴ることもないし、窓ガラスにポインターで照射されることもないですし、ゴミ捨てのとき、中身を持ち帰られないように厳重に生ゴミと混ぜたりする手間もないですし……」

『結構ヘビーだね』

長山が口の端をひくりとさせながら言った。なるべく軽い出来事を選んだつもりだったのだが、そうでもなかったらしい。

うふねは口早に話を変える。

「いや、でも、ここではそんなことが全くないので、おかげさまで仕事にも集中できているんです！　こんなに夜、何も気にせずぐっすり眠れているのって本当に久しぶりで！」

一週間が経ったが、新しい仕事は思った以上に順調だった。

取引先の会社の社長が側にいることもいい。分からないことは直で聞けるし、すぐに修正できる。今までのどの仕事よりも順調に進んでいた。

しかも在宅勤務のように、ずっと家に籠もっていても、フィットネスルームがあるから運動不足を気にしなくてもいい上、ご飯まで付いてくる。

こんな贅沢な暮らし、きっとこれからも望めないだろう。

「納期は来月終わりでしたが、ここで作業させていただけたらもっと早く終わると思いますし、もっといいものができる気がします」

『うぅん……』

同居に前向きなうふねに対して、畑は悩んでいるようだった。

『椎名さんもＯＫ出してくれているのに、何が不満なんだよ！』

長山が畑に食いかかると、畑は頭をガシガシとかきながら答える。

『もし、迅が無理やり迫っても、密室では逃げようがないじゃないか……』

酷く気まずそうなのは、きっと迅がそんなことはしないと分かってはいるからだろう。

しかし、それとうふねの身の安全の話は別だ。

男性と女性、単純な力ではどうしても男性の方が勝ってしまうことを、畑は危惧しているようだった。

（私のこと、尊重しようとしてくれているんだ……）

初めて会う相手だというのに、うふねの身の安全を、何よりも強く考えていてくれる畑に胸が熱くなる。

「ありがとうございます。でも、安心してください」

にこっとうふねは笑うと、隣にいる迅の手をそっと持ち上げた。

「ん？」

突然、手をとられた迅はきょとんとしている。そんな彼に痛い思いをさせるのは気が引けたので、

「少し痛くしますね」

と先に言って、その小指をそっと逆方向に向かって反《そ》らせた。

「‼︎?」

そんなに力は入れてないのでそれほど痛くはないだろうが、いきなりのことに迅がたじろぐ。そうして緩んだ彼の身体をトンッとうふねが押して崩すと、迅はいともたやすくソファに倒れ込んだ。

うふねはそのまま迅の腹の上に乗ると、その喉元を押さえつけ、画面に向かってニコリと微笑む。

「こんな風に、少しなら護身もできるので」

身の危険を感じることも多い人生だったので、両親がうふねに護身術を習わせた。それでも足りないことは多いが、相手の隙をつくことならできる。

この前、山島から逃げ出せたのもそれがあったからだ。

だから万が一、迅に襲われても、このように少しならやり返すこともできるのだと、実際に見せてみたのだが、画面の向こうでは畑がカチンと氷のように固まっていた。

『うわー、迅、役得〜♪』

長山がひゅうっと何故か口笛を鳴らす。

うふねはあれ？　と思って、迅を見た。

すると迅は耳まで真っ赤にして、うふねを凝視していた。

さすがに自己防衛できると証明するためとはいえ、上に乗るのはいただけないことだったらしい。

「ご、ごめんなさい、海﨑さん！　重かったですよね！」

「い、いや。大丈夫……」

迅はうふねを見ないようにしながら、器用に画面に向かって話しかける。

「ま、まあ……こんなことができるなら、きっと俺も正気には戻れると……思うので……」

それでもその言葉はグダグダで、彼が動揺しているのが目に見えて分かった。

「す、すみません……海﨑さんに対して、とんでもない失礼を……」

「いや……ほんと、ただ、驚いただけだから……」

まだ耳を赤くしたまま迅はそう答えた。その恥じらいぶりに、うふねも恥ずかしくなってくる。

「本当にごめんなさい……」

しゅんとうふねが項垂れると、それに対して答えたのは迅ではなく、長山だった。長山は画面の向こうでニヤニヤとしながら言う。

『いや、いいって！　むしろ迅には騎乗位みたいで役得だったと思うし～！』

「長山！」

『長山！』

画面の向こうとこちら側で、迅と畑の言葉が被った。

そしてバチンとかなりいい音を立てて畑が長山の頭を叩く。そんな様子を見ながら、うふねは長山の言葉を頭の中で反芻《はんすう》する。

（騎乗位って……）

チラリと迅を横目で見れば、迅は耳まで赤くなっている。

さすがにうふねもそんなつもりはなかったので、隣で一緒に赤くなってしまった。

『あなたの事情も分かりました。椎名さんと迅の同居はプライベートなこととして会社は関与しない方向で認めます』

はあ……と畑がとても長いため息をついて、折れてくれた。

『迅はくれぐれも何か問題ある行動はしないように！』

畑がかなり真剣に言うと、迅はしっかりと頷いて断言する。

「するわけがない」

『それじゃ、俺たちはちょっと仕事の話をするので、椎名さんはもう仕事に戻られて大丈夫です』

畑がにこやかにそう言ったので、うふねは書斎へ戻った。

＊　＊　＊

うふねが一階の書斎に引っ込んだのを画面越しに確認した後、畑が静かに口を開く。

『で？』

「ん？」

『正直なところ、どうなんだ？』

「……何が？」

『一目惚れか？』

畑がズバリ聞いてくる。

「い、いや……一目惚れというか……この一週間で落ちたというか……」

迅は分かりやすく赤面しながら、しどろもどろに弁明する。

『お前……中学生でもそんな……』

畑が呆《あき》れたような、哀《あわ》れむような顔になる。長山はニヤニヤとしながら、

『な？　だから言っただろう？』

と畑の肩を叩いているので、余計なことを畑に吹き込んでいたのだろう。

『迅、何度も言うが、絶対に何か問題を起こすなよ』

「起こさない」

『やるときはきちんと合意の上でしろ。なんなら録音してでも言質《げんち》はとっておけ』

「おい」

冗談かと思ったが畑の顔は真顔だった。

『好きになったのなら、なおさら適当に付き合うんじゃないぞ』

三人の中では一番真面目な畑らしい意見に、素直に迅は頷く。

「分かった。大丈夫、あと三週間だ。心を強く持って気をつける」

『まあ、お前なら大丈夫だろうな』

畑が少しだけ安堵した顔になる。

『これが長山だったら、即日、鍵は破壊させたがな』

『畑の中の俺って酷い扱いじゃない?』

『お前の女関係を見て、どこに安心できる要素があるんだ!』

ゴツンと画面の向こうで畑が長山の頭を叩くのを見ながら、迅は内心、強く誓う。

(きちんとこの三週間、誠実に接して、それから彼女に告白しよう――)

まさか、そう思っていた矢先に、自らの悪癖《あくへき》で全てをご破算にしてしまうなんて迅は思いもしなかった。

2. 溺愛生活のはじまり

＊監禁八日目＊

【三十五度九分／脈拍七十／ラッキーアイテムはワイン】

《おめでとうございます。一週間が経過しました！》

二週間目に突入した土曜日の朝は、玄関の特注鍵のそんな言葉から始まった。

賑《にぎ》やかなファンファーレの音にビックリして玄関に向かうと、鍵が一人ではしゃいでいた。人間ではないのでそんな言い方はおかしいが、確かにはしゃいだ感じの声だったのだ。

「長山《ながやま》め……」

後から来た迅《じん》が、そう言って苛立《いらだ》ってはいたが、それでも鍵を破壊しようとはしなかった。

《この一週間、どうでしたか？　さあ、相性を測定しましょう！》

鍵が機械の声なのに妙に浮かれた音程で、うふねたちに測定を促《うなが》してくる。

「とりあえず、やりましょうか……」

「あ、うん」

（まあ、一週間で何も変わらないと思うけど）

二人で鍵に指を差し込むと、ぴろぴろりん♪　という機械音の後、またファンファーレが鳴った。

そして――。

『二人の愛情度は八十です！』

（上がってる――!?）

なんで？　何があった？

と、この一週間を振り返ってみたが、普通に生活していただけだ。

どういうことだろうと、おろおろしながら迅を見上げて、うふねは何も言えなくなってしまう。分かりやすく迅が赤面していたからだ。

「あー……うん……」

指を差し込んでいない方の手で、くしゃりと髪をかき上げてから、チラリと赤らんだ目元のままに見下ろされて、ドキリとする。

「一週間も一緒にいたら、そりゃ、親しくなるよね？」

確認のようにそう問われてしまっては、うふねも頷《うなず》かざるを得ない。

実際、この一週間、迅に色々してもらっている立場なので、好感度が上がるのも当然と言えば当然だ。

「今晩は、せっかくなのでお祝いしますか？」

うふねが指を鍵から引き抜いてそう言った。

「お祝い？」

「はい。一週間一緒にいられたので……」

迅は少し黙った後、嬉《うれ》しそうに笑う。

「いいね！」

（わ……）

あまりにも人なつっこく笑うから、うふねも戸惑ってしまう。

「じゃあ、今晩は色々料理出すし、ワインクーラーもあるから、お酒も飲もう」

「え、お酒もあるんですか？」

「ああ。オーディオルームの方にあるんだ。俺はあまり飲まないんだけど、結構揃《そろ》えてあるみたいだから、椎名さんが飲めるなら飲んでみて」

「わあ、ぜひ！」

うふねは意外に飲める口だ。酔い潰されて……ということも一度もないし、逆にそういう不埒《ふらち》な輩《やから》は飲み比べて潰すくらいには強い。

もちろん、迅にそんなことは言わないが、まさかここでお酒が飲めるとは思わず、うふね

はニコニコと満面の笑みを浮かべて、

「楽しみにしていますね！」

と言ってしまった。

このとき、もう少し、迅の「あまり飲まない」という言葉をしっかり聞き返しておけばよかったのだが、愛情度が上がっていたことや、その後の迅の笑顔でぽおっとなっていたうふねはすっかり聞き逃していた。

そして――。


気がついたら、ぴったりと肩を寄せ合ってオーディオルームで映画を見ていた。

（あれれれれ……？）

二人の手には赤い液体の注がれたワイングラスがある。

うふねが食後に選んだのは、ジュースのように甘いデザートワインだ。

「デザートワインって何？」

あまりワインに詳しくないらしい迅が聞いてきたので、うふねは簡単に説明した。

「ジュースみたいに甘いワインですよ」

ジュースのようにと説明はしたが、それはジュースではない。ワインらしくしっかりアルコールの入った酒だ。

（まさか、こんなにお酒に弱いなんて……！）

最初は少し身体を離していたはずなのだが、今、ふと気がつくと、二人はぴったりと隙間なくくっついていたのは、オーディオルームのソファが決して大きいものではなかったからだろう。

他の部屋のソファは大きかったのに、どうしてかここの部屋だけはソファが小さくて、何度か互いの酒を用意している間に、気づけばぴったりと肩を寄せ合っていた。

「椎名《しいな》さん……酔ってる？」

チラリとこちらを見下ろしながら迅が尋ねてくる。

（いや、酔ってるのは海崎《かいさき》さんですよね？）

しかもたった三杯。二人でワイン瓶、一本を空けただけ。

うふねが酌《しゃく》をしていたので、二杯ほど多く飲んではいるのだが、ほどよく酔いが回ってきた程度だ。人によってはそれでも十分酔う量なのだが、うわばみのうふねにとっては、デザートワインはジュースだった。

それなのに、隣でうふねにぴったりとくっついている迅は、ほんのりと耳を赤くしてくっついてくる身体もぽかぽかとしていた。

彼にとっては、このワインは甘くともジュースではなく、酒だった。

いや、そもそも酒と分かって飲んでいたのだが。

(弱いなら弱いと言っておいてほしかった……)

「大丈夫ですか?」

「ん、まだ大丈夫……」

そうは言っても、漏《も》れた吐息《といき》が色っぽい。

うふねは酒のせいだけでなく、鼓動を速めた。

左側に座っている迅は、隙間なくくっついているうふねの左腕に自分の右腕をするりと絡ませてくる。

「うふねって……」

突然、名字でなく名前を呼ばれてドキリとする。

「響きが可愛い名前だね」

「あ、ありがとうございます」

(ああ、これはかなり酔っている!)

「ふふ、可愛い手……」

腕を絡ませたまま、迅がうふねの左手に自分の右手を絡ませてくる。

うふねの手とは全く違う大きな手に触れられて、ゾクリとした。

「俺の名前……、覚えてる?」

突拍子《とっぴょうし》もなく迅が問いかけてくる。

「迅さん、ですよね？」

最初に言われた名前を答えると、迅がふにゃっと表情を崩した。

（〰〰〰！）

うふねは内心で、言葉にならない声を上げる。

酔ったイケメンが、これほど破壊力が強いとは思わなかった。

こんな風に可愛らしく酔ってしまうイケメンなんて今まで見たこともなかったので、思わず顔を背けると、

「うふね、駄目《だめ》」

と言われた。いつの間に、勝手に名前呼びになって、どうしようと思ってしまう。

「うふね、こっち向いて」

もう一度、名前を呼ばれて、渋々そちらを見ると、またへにゃと可愛らしく笑われて、心臓が止まりそうになった。

（え、ヤバイ。え、年上なのに。え、可愛い）

男の人を可愛いと思う日が来るなんて思いもしなかった。

（さすが、少女漫画系男子……酔っても少女漫画……！）

そう思う自分も多少は酔っているのだろう。

「うふねは一目惚《ぼ》れって信じる？」

迅が急にそんなことを尋ねてくる。

「へ、一目惚れですか？」

「そう、見た瞬間、あっ、てなるやつ」

（海﨑さんはあるんですね）

残念ながらうふねにそんな感覚は全くないので、あっ、となったことはない。

だが迅はなったことがあるから、そう言えるようだ。

（私はそんなの信じないけど）

一目惚れにせよ恋にせよ、うふねにはいい思い出なんて一つもない。付き合ったことがあっても、それは自分から好きになったわけではないからだ。

「人を……」

「ん？」

気がついたら迅に尋ねていた。

「人を好きになるって、どんな気持ちですか？」

ずっと誰かに聞いてみたかった。

うふねにしつこく付きまとう人や、過去に付き合った人にも、誰にも聞いたことがない。

それを聞いて、ドロドロとした人間の汚いところを見せられたら、それこそ自分は心底人を嫌いになってしまうだろうと思ったからだ。

どんな目に遭ったとしても、まだ、うふねは『人』を嫌いにはなりたくなかった。いつか、いつか自分にも誰かを真剣に好きになれるときが来たら——その可能性だけを信じていた。

そして、こんなときに酔っ払い相手に、こんな質問をすること自体間違っていると分かっていたのに、どうしても質問したくなったのだ。

迅なら、もしかしたら自分の欲しい答えをくれるような気がして——。

じっと迅を見つめていると、うふねと視線を合わせたまま、迅はふわりと柔らかく笑った。やはりどこまでも優しい笑顔に、胸がきゅんっと切なくなる。

「俺は、幸せになるよ」

てらいもなく、きっぱりと迅はそう言った。

その顔が、彼のしてきた恋が決して苦いものや辛《つら》いだけのものではなかったのだと、はっきり表していた。

「そりゃ、好きになった相手もずっと自分を好きでいてくれるとは限らないんだって思い知らされたけど——」

元婚約者のことを思い出したのだろう迅は、少しだけ辛そうに眉をひそめたが、すぐに首を横に振る。

「けど、うふねが『辛いことの後にはいいことがある』って言ってくれたから、それならまた誰かを好きになっても、それはいいことなんだって思えたんだ」

そう言って笑う迅の笑顔は、キラキラして何の迷いもないようだった。

まさか、あの深夜にちょっと言っただけの言葉が、彼の後ろ向きだった心を前向きにさせたなんて思いしもなかった。

それは本来なら喜ばしい話のはずだ。事実、迅の目にはうふねに対する感謝や親愛の色が見てとれる。

ふと、二人の愛情度が八十まで上がっていたことを思い出す。

こうして振り返ると、うふねの方の好感度が上がったわけではなく、迅の方の好感度が上がったから、数値が八十に上昇したのだろう。

だが、迅の嬉《うれ》しそうな笑顔は、一方でうふねの心に暗い影を落とす。

（ああ、なんて羨《うらや》ましい――）

そう思った。古い恋を捨て、まっすぐに新しい恋を見られる彼が羨ましかった。

「好きな子には笑ってほしいし、泣くときも俺のそばで泣いてほしいし、怒ってもいい。どんなときも、俺は好きだと思うから」

自分より年上の男性だとは思えないまっすぐな恋慕の情に、うふねは思わず目を一瞬つぶってしまう。あまりにも迅が眩《まぶ》しく思えたからだ。

しかし次の瞬間、思いがけないことが起こる。

ちゅ。

音を立てて何かが自分の唇に触れた。

パッと目を開けると、目前に迅の顔があった。このほんの一瞬で、あまりにも早く近づいてきた顔に、何が起こったのか一瞬判断が遅れた。

思わずのけぞると、

「あぶないよ」

すぐに迅の手が伸びて、ソファからひっくり返りそうになるうふねの頭を引き寄せた。

「え、あの、その、今？　え？」

「好きな子が目の前で目をつぶってくれたから、キスしちゃった」

はにかんで照れ笑い。

「え？」

(好きな、子？)

それは誰のことだと思ったが、今、迅の前で目をつぶったのはうふねだけだ。

今度こそ心臓が止まるかと思った。それくらい色々衝撃的すぎた。

「ちょ、ちょっと待ってください。キスって……好きな子って……ええええ？」

先ほどのがキスなのは薄々分かった。しかもさりげなく告白まで混ぜられた。

「わ、私たち、まだ知り合って一週間なのに！」

「一目惚れしたって言ったじゃん」

「言ってないよ⁉」

思わずツッこんでしまったが、間違っていないはずだ。

一目惚れの経験はあるかと聞かれたが、自分に一目惚れしたとは思いもしない。

（そんな要素、あったの⁉）

「え、待って。これ、冗談？　嘘？　というか、先月、元彼女と別れたばかりなのに、早くない⁉」

「まあ、それは俺も思うけど、飛び込んで来ちゃったんだもん。仕方ないじゃないか」

（確かに逃げるために飛び込みはしたけれど！）

あまりにも混乱して、あわあわしながら何も言えずにいると、迅が再びうふねに顔を近づけてきた。

ちゅっ、と可愛らしいリップ音が、また。

拒否する間もなく、唇同士が軽く触れ合った。

「ちょっと、あのっ！」

抗議しようとすると、迅が眉をつり上げたうふねを見て、悲しそうな顔をする。

「うふね、いや？」

「ぐっ……」

いやだと即答できないのは、迅が可愛いのが三割、嫌いでないのが三割、あとの四割は自分が酔わせてしまった負い目だ。

しかし、迅はその負い目を容赦《ようしゃ》なく突いてくる。

「じゃ、しよ」

唇を尖《とが》らせてキスをねだる顔の可愛さに、うふねは胸を押さえてもだえる。

本当に色んな意味でギャップのありすぎる人だと思った。

（お料理ができて仕事もできてイケメンで、それでお酒飲むと可愛くなるとか……この男の人、なんなのぉ！）

しかもすっかり元彼女のことは吹っ切って、うふねに恋したとのたまうのだから、軽いんだか、お手軽なんだか、色々言いたいことが多すぎる。

「うふね、好き」

へにゃっと頬を緩めて笑う迅は、いつもの真面目な顔とは全く異なり、随分実年齢より若く見えた。そして当然ながらかなりの殺傷力で。

うふねは顔を逸《そ》らして、ぐっと唇を嚙《か》みしめた。

（あー、可愛すぎる！）

全部ＯＫだと言ってしまいたいくらい、可愛いのは卑怯《ひきょう》だと思った。

「うふね、こっち見て」

顔を逸らしたことが不満らしく、そっと頬に手をあてて顔を向けさせられた。そのあたりが乱暴でないところもポイントは高い。

キスは雨のようにうふねの顔に降り注いでくる。

額に、まぶたに、おでこに、そして唇に。

可愛らしいキスは、可愛らしいからまだ大丈夫なはず——と油断していたら、またひっくり返された。

「これじゃ、足りない」

「は？」

突然、ギラリと迅の目が光った気がした。いきなりぐっと後頭部に手が回された。そのまま嚙みつくように、彼の口がうふねの口を塞《ふさ》いでくる。

「ん？　んんんんん⁉」

一瞬、何が起こったのか分からなかった。

小さなソファに押し倒されて、貪《むさぼ》るようなキスが降り注いでくる。

「ん？　ふあっ？」

(子供みたいなキスしていたの自分なのに⁉　一目惚れ、どこ行ったの⁉)

最初はスキンシップのようなキスだったのに、突然のギアチェンジに心がついていかない。

(待って、早い！　早い早い！)

一目惚れだとか好きだとか、そういう可愛い話から、どうしていきなりこうなった⁉　と思ったが、迅の猛攻は止まらない。

分厚い舌がうふねの唇を割り入り、そのまま咥内に侵入してくる。うふねの舌を上手に捕まえて、ぐにぐにと押したり引いたりしていやらしく蹂躙《じゅうりん》する。

唾液が混ざり合い、じゅるっと迅が音を立ててすする。

キスに翻弄《ほんろう》されているうちに、部屋着の内側に直接迅の手が入ってきていることにも気づかない。迅の手は、さわさわと胸を触り、その先端を今度こそしっかりと摘まむ。

「ひうっ」

ビリッとした刺激に思わず声が出た。あのフィットネスルームではすれすれで掠《かす》っただけだった。こんな風に弄《もてあそ》ばれるなんて思いもしなかった。

最初は柔らかかった実はこねくりまわされて、次第にゆっくりと堅くなっていく。じんじんと胸の先端が痛痒《がゆ》い。

思わず身をよじろうとしたが、ぐっと押さえ込まれていてそれはできない。

「んふっ……はっ……あんっ……」

キスはずっと終わらない。甘い声が、唇を少しずらす度に漏れる。

くちゅりと自分の下腹部で濡《ぬ》れた音がしたと気づいたのは、迅の指がいつの間にかそこに一本、差し込まれていたときだった。

（え、待って、いつの間に？）

本当に分からない。キスに翻弄されている間に、服の中に手を差し込まれて色んなところを刺激されて、最後に一番じんじんとするところ触られていた。

「ひんっ……」

艶《つや》めいた声が漏れると、唇をつけたまま静かに迅が言う。

「うふね、あえぎ声、可愛い」

あえぎ声じゃない！　と言おうとしたが、言う前にまた唇を貪《むさぼ》られて、何も言えなくなる。

足の間で、くちゅくちゅといたずらに長い指がうふねの中をかき混ぜていく。

「んっ……あっ……あっ」

かき混ぜられる度に声が出てしまう。節くれ立った男性特有の硬くて長い指だ。関節の部分まではっきりと胎内は敏感に感じ取る。

「うふね、いっぱい濡れてるね」

「ち、ちがうっ……んんん」

うふねの否定を飲み込もうと、迅が更に口を塞いで、舌を絡めてくる。

まるでうふねのあえぎ声までも食べてしまいたいと言わんばかりの長い長いキスと愛撫に、否応《いやおう》なく身体が反応している。

自分でも分かるくらい体液が迅の指に絡んでいるのが分かる。じゅぷじゅぷと水と空気の混ざった音が卑猥《ひわい》さと室内の空気の密度を濃くする。

「う……や、だ……あっ……」

「中、めちゃくちゃ熱い。挿入《い》れたら気持ちよさそう……」

ぐっと太ももに迅の強ばりを押しつけられて、うふねはドキリとした。

(待って、まさかするつもり!?)

うふねの気持ちを確認もしないのかと思ったが、そもそもこうしてキスを許している時点で、うふねも迅のことを憎からず思っているわけで。

だがしかし、これはよくない、駄目だ、と思った瞬間、ぐっと下腹部をいじる親指が、うふねの花芽を押しつぶした。

「ああっ！」

強烈な快感に、大きく口を開くと、更に舌を押し込まれた。

「んんん……あああああんっっっっっ」

じゅるじゅるっと音を立てて舌をすすられる。唾液なんてもうどれだけ飲まれただろうか。

酷くやらしくて、そして飢《う》えたようなキスに、うふねは泥酔したかのような錯覚に陥《おちい》る。

(も、駄目、イッちゃぅ……いっ……)

「あぁっ！」

ぐっと両足で迅の手を股の間に挟む形でイった。

頭の中が真っ白になり、何も考えられなくなる。それなのに迅はずっとうふねの唇に自分の唇を合わせたまま、はふはふとまるで犬みたいにしゃぶってくる。

デザートワインの甘い香りが咥内《こうない》いっぱいに広がった。

「うふね……」

やがて迅は唇を離すと、カチャカチャと自分のベルトを外し始める。

(あ、これ、マジでヤる気だ)

イッたばかりであまり身体に力が入らないので、さてどうしようかと考える。

必死に抵抗すれば、相手は酔っ払いだ。逃げられるだろう。

だが、逃げたいかというと、むしろ、このままシてもいいかな？ と思う程度には、絆《ほだ》されていた。

(だって可愛いし)

普段はうふねより年上で、しっかりして見えるのに、酔ったらこんなに可愛くなるのは、反則だ。可愛いが過ぎる。

(もう、いっか。気持ちいいし)

ムードに流された瞬間、ドスッといきなりのしかかってこられた。

「ぐふっ！」

あまりの重さにムードのない声を上げてしまう。

「え、ちょ、海崎さん？」

迅の下でもぞもぞしながら様子を窺《うかが》うと、耳元ですうすうと気持ちよさそうな寝息が聞こえた。ベルトに手をかけたままなので、どうやら外せずに眠ってしまったらしい。

「えー？」

うふねはしばし呆然《ぼうぜん》として、天井を眺《なが》めていた。

＊監禁九日目＊
【三十六度八分／脈拍五十五／ラッキーアイテムはボタン】

二回目の日曜日は、迅にとって最悪な寝覚めから始まった。

（なんで全部覚えてるんだ――――！）

頭を抱え込む。

昨日、自分がうふねに何をしたのか、迅はあれほど酔っていたにもかかわらずしっかり覚えていた。こういうときだけ、記憶がなくなる都合のいい展開は訪れない。

それが迅の残念な頭なのだ。

「あああああああああ」

思わず呻《うめ》いてしまうが、自分が何をして、何を言ったのか、しっかりがっつり覚えている。

(何が一目惚れだ、何がキスだ、というか、『ちゅう』だ！　あと、なんで我慢できない⁉)

元々、酒はそれほど強くない。だから女性と飲むときは車を出して、運転手だから飲めないと、ノンアルコールで済ませている。

会社同士の付き合いで飲むときは、大抵、長山を同伴させていた。長山はうわばみなのでいくらでも飲めるからだ。そのおかげで迅は酒を飲まずに済んでいたのだが、どうしてか昨日は飲んでしまった。

デザートワイン。本当にぶどうジュースとしか思えなかった。酸味やえぐみもなく、とろりとした甘さに、ついゴクゴク飲んでいたら、気がついたら煩悩《ぼんのう》とか欲望がフルオープンだった。

(俺の理性と誠実の壁、もう少し仕事しろ！)

今更、自分を叱《しか》ったところで後の祭りだ。

しかし、不幸中の幸いといえばいいのか、未遂だったことには安心した。

それにうふねも嫌がってはいなかった――ような気がする。あくまで迅の主観だが。

(とりあえず、椎名さんにきちんと謝って……それからもう告白してしまおう)

今更、取り繕ったところで、きっと変に誤解されるだけだ。

それなら素直に告白してしまった方がいい。

らなかった。
長山の泣き顔が過《よぎ》ったところで、痛くも痒《かゆ》くもない。むしろ、腹立たしい気持ちにしかな
（振られたら、鍵をハンマーで壊そう）

そこまで覚悟してから、ようやくオーディオルームを出る。

「あ、おはようございます」

すると、キッチンにいたうふねがすぐに声をかけてくれた。

彼女はコーヒーが好きらしく、今もコーヒーを淹れていた。

「飲まれますか？」

「ああ、お願いします……」

「ふふ、なんで敬語ですか」

軽やかに笑う彼女の声にドキリとしてしまう。柔らかいその声を、もっと耳元で聞いてみたくなる。

「あの……」

「なんですか？」

迅は覚悟を決めてぶんっと勢いよく頭を下げた。

「ごめん！　昨日、いきなりあんなことして。けれど、一目惚れは嘘じゃないんだ。それにこの一週間でもっと好きになっていて――だから、君のこと抱きたいと思ったんだ！」

(待て、俺。抱きたいは余計だったのでは？)

言った後に後悔したが、すでに謝った後なので取り返しはつかない。

顔を上げようにも恥ずかしくて動けなかった。

少しの静寂の後、

「……大丈夫ですよ」

と、うふねが優しく言ってくれた。

バッと迅が顔を上げると、うふねがニコッと微笑んでくれる。人なつっこい愛らしい笑み。この一週間、何度も見たことがあるその笑顔は、見る者をホッとさせる柔らかさがあった。

その笑顔が、窓から差し込む日の光も相まって、とてもキラキラして見えた。

迅は酔いが覚めているのに、ドキドキと鼓動が速くなるのを感じた。

しかし、天国はそこまでだった。なぜなら、次の瞬間、迅の天使はニッコリと容赦《ようしゃ》ない一言を言ってきたからだ。

「酔うとセックスしたくなる人っていますよね」

(あ、これ駄目だ)

すーっと血の気が引いた。

『抱きたい』という言葉が余計だったと改めて後悔する。

うふねは、迅の純粋な一目惚れという愛情の方には、清々《すがすが》しいほど無関心だった。

「けど、私の同意を確認しないで襲うのは駄目ですよ」

「はい、すみませんでした」

素直に迅は謝った。圧倒的に迅が悪い。弁明のしようもない。

がくりと項垂れていると、くすくすと上から笑い声が聞こえた。

「まあ、私も気持ちよかったので、シてもいいかなとは思っちゃったんですけど」

「えっ！」

バッと顔を上げると、うふねが少し恥ずかしそうに笑って迅を見ていた。

その顔がとても可愛くて、本当に改めて好きだと思った。

（ヤバイ、可愛い）

ドドドドとものすごい勢いで体中を血液が駆け巡っているのが自分でも分かった。

アドレナリンはきっとマックスで。

だから、迅はそのままガッとうふねの手を摑むと、叫ぶ。

「好きだ！　付き合ってほしい！」

今を逃したら絶対手に入らない気がした。というか、このままずっと彼女を見ていたら、間違いなくまた彼女を襲ってしまう気がした。

けれどそれは性欲からくるものではなくて、愛情からくるもので。

愛しいから触りたいし、愛しいから抱きしめたいし、キスもしたい。

三十路目前にして、こんなガキみたいな衝動が自分の中にまだあったなんて思いもしなかった。

うふねは目を大きく見開いて、ポカンと小さく口を開けていた。

その口にまたキスしたいと思ったが、それは理性で押し留める。

驚いた彼女は、少し逡巡した後、

「はい」

と小さく頷いてくれた。

「ありがとう！　めちゃくちゃ大事にする！」

ガバッと今度は遠慮なく抱きしめた。

先月はどん底で、死にたいくらい人生は滑稽《こっけい》で酷《ひど》いものだと思っていたが、たった一ヶ月でこんなにもガラリと変わるものだなんて思いもしなかった。

確かに禍福《かふく》は糾《あざな》える縄のごとし、だったのだ。

こうして、たった一週間。知り合って一週間で迅とうふねは付き合うことになった。
一人は浮かれるくらいはしゃいでいて、
もう一人は——

この交際は期限付きの今だけで、誰かとずっといる未来なんて信じていなかったにもかかわらず。

＊監禁十日目＊
【三十五度九分／脈拍六十九／ラッキーアイテムはドール】

早いもので、うふねがこの部屋に監禁されてから、十日が経過した。

仕事も順調だし、迅とは計らずとも恋人になってしまった。

（待って、私、展開早くない？）

自分で自分にツッコミを入れてしまう。

「いや、でも、仕方ない……ハズ」

ハイスペックイケメンに、尻尾を振った大型犬並みの猛攻で来られたら、うふねなんて簡単に流されてしまう。

（それに、すごく……気持ちよかったし……）

久しぶりにキスをしたし、男の人の手で触られた気がする。

そっと自分の手で唇に触れると、あの日の感触が蘇《よみがえ》るような気がしてくる。

いっぱい、いっぱいキスをした。

たくさんたくさん、色んなところも触れられた。

そのどれもがうふねには久しぶりの感覚で、とても気持ちがよかった。

雰囲気《ふんいき》に流されてしまったとはいえ、それでもあんなに濡れるほど気持ちよくなったのは初めてのことだった。

しかもそうした理由を、迅はうふねのことが好きだからだと言ってくれた。

あんなに気持ちよく、まっすぐに愛を告げられたことも初めてだった。

今までの経験上、うふねに告白してくる男性はそれなりにいたが、その誰もがどこかじっとりとした、なんとも言えない陰鬱《いんうつ》な気配をまとっていた。

断った男性の中には、その後、ストーキングしてくる者もいた。

「……」

パソコンで作業していた手を思わず止めてしまう。

ついつい昨日の迅を反芻《はんすう》してしまうのは、それだけ嬉しかったからだろう。

「好き、かぁ……」

酒の席のことだから、てっきりそのまま流すのかと思えば、そんなことはせずに堂々と告白されたのには参った。どこまでも迅はまっすぐで、キラキラだ。

(あんな人、これまで私の人生にいなかったのにな)

今まで頑張った分、神様がご褒美《ほうび》をくれたのだろうか。

そこまで思って、ふっと自分を鼻で笑った。

（ここだけ、だろうな）

外に出たら、またいつもの生活が戻ってくる。うふねが迅の全部を知らないように、迅もうふねの全部を知らない。それとなく自分がストーカー被害などに遭いやすい話はしたが、その度合いまでは想像できないだろう。

迅が全てを知ってしまったとき、彼が離れていく未来は簡単に予想できた。

『お前は一生、一人で生きていけ！』

また、その言葉がうふねの中に響き渡る。

それはほとんど呪いと同じで、そしてその通りにみんなうふねから離れていくのだ。

高校のときの元彼のように、迅も不快そうに顔をしかめてうふねから離れていく日が来るかもしれない。自分の捨てたゴミを漁《あさ》られ、自分たちの性行為を恨みがましく監視され、そんなことをされるうふねを、気持ちが悪いと思い逃げていった彼のように。

（ここだけ。ここだけだから……）

だから、うふねは恋人として迅と付き合うことを、この期間限りだと決めていた。

（だって、ここは私にとっては『安全』だもの……）

うふねがここで過ごしていることは、うふねと迅、そして彼の会社の長山と畑《はたけ》以外には、うふねを襲おうとした山島《やましま》ぐらいしか知らない。

外にも出ないから、誰にもうふねを意識されることがない。

知らない誰かに盗撮されて、ネットに姿を晒《さら》されることも、郵便受けに突っ込まれる切手のない手紙を不気味に思うこともない。

それは、うふねが今まで生きてきた中で、初めての安寧《あんねい》。

自分が全く知らない誰かに思いを寄せられている恐怖を、感じることなく過ごせるのだか
ら、それはどんなに穏やかな気持ちでいられるだろうか。

きっとうふね以外は誰も理解できないだろうその感情を、ただ一人、噛みしめる。

(だから……)

あと二十日間。

(この部屋の中でだけなら、普通に素敵《すてき》な男性と恋に落ちてもいいよね？)

うふねの心はずっと寂しい。

自分のせいだと思うには、異常すぎるほど、変な輩《やから》に愛されすぎた日々が長かった。

だから、椎名うふねは歪《ゆが》んでいる。

歪んでいるからこそ、柔らかく笑うのだ。

まるで天使みたいに、何の汚《け》れ《が》もないかのように。

トントン、と書斎の扉をノックする音がして、うふねは思考の波からすくい上げられた。

「はい」

返事をするとドアを開けて、迅が顔を出す。

「椎名さん、お昼できたから食べよう？」

昨日告白を受け入れた後から、迅は分かりやすいくらい上機嫌だ。

うふねはニコっと微笑むと、

「はい、迅さん」

とあえて彼の名前を呼んだ。迅は面白いくらい挙動が不審になった。

「え、あ、うん……」

「今日は、うふねって呼んでくれないんですか？」

迅はおろおろとしていたが、やがてほんのりと頬を染めるとポツリと声を出す。

「うふね……」

「はい」

うふねが返事をすると、迅が嬉しそうに笑った。

「うふね……」

もう一度、まるでキスでもしているみたいにうっとりとした顔で名前を呼ばれて、うふねはそう遠くない未来、彼に抱かれるだろうなと思った。

むしろ、迅に抱いてもらいたいと強く願う。

今まで感じたことのないくらい、強く、甘く、優しく、彼に抱かれたら、それはどれほど幸せだろう。

たとえ乱暴でも、独りよがりでも、なんでもよかった。

「思いっきり、甘やかしてください」

立ち上がって彼に近寄りながらそう言うと、迅は満面の笑みで返してくれる。

「もちろん」

気持ちいいくらいはっきりと答えられて、それが照れくさくも嬉《うれ》しく思えた。

(さすが少女漫画系男子)

本当に色んな顔がありすぎて、どれが本当の彼なのか分からない。

けれど、それが面白いとうふねは思った。

真っ黒でドロドロで、どうしようもない自分の心の奥底なんて、迅は知らなくてもいいし、気づかなくてもいい。

せいぜいこの期間限定の幸せを甘受できたなら、それに勝《まさ》る幸せはないと思えた。

「じゃあ、よろしく。大切にするから」

最後にポソリと言った迅の一言に胸がツキンと痛くなったけれど、それは静かに蓋《ふた》をした。

＊監禁十一日目＊

【三十六度五分／脈拍六十三／ラッキーアイテムはアニメ】

「椎名さんと付き合うことにした」

『何言ってんだ、お前』

迅の書斎。オンライン会議の始まりとともに迅がそう告げた瞬間に、スパンと畑にそう突っ込まれた。

『え、まだ十日しか経ってないよね？　展開早すぎでは？』

長山もさすがに驚いたのか、心配そうな顔で迅を見てくるが、迅は至って真面目だ。

『まさか、一週間のお祝いで酒飲んじゃって、やらかしたとかじゃないよね？』

まるで見てきたかのようにズバリと核心を突いてきた長山に、迅は分かりやすく動揺して、フイと横を向いた。全く何も隠せていない。

『お前、酒の勢いとか最低だな』

畑が低く非常に怒りを込めた声で言ったので、慌てて迅は訂正する。

「そうじゃない！　飲んだときはキスしかしてなくて、その翌日に交際を申し込んだんだ！」

『結局酒の勢いで手を出してるんじゃん』

呆《あき》れた長山の声に、反論の余地もない。

けれど、でも。

「好きになったんだから、仕方ないだろう！」

それしか言えないのだから、どうしようもない。

まっすぐな迅の告白に、画面の向こうの畑と長山は、一瞬ポカンとしたが、すぐに顔を赤くした。

『そ、そうか……』

珍しく動揺した畑が眼鏡を直しながら、曖昧《あいまい》な返事をした。

『展開が早い気がするけど……運命的な感じにも思える……？　ううん……友達としては喜ぶべき……？』

長山もブツブツと何か言っているが、パソコンのマイクから遠いせいかその言葉は聞こえなかった。

『まあ、遊びじゃないんでしょ？』

長山が迅に確認する。

「遊びじゃない」

迅もはっきり断言する。

「だから、長山と畑に頼みたい」

迅は姿勢を正すと、パソコンの向こう側の畑と長山に対して、しっかりと頭を下げる。

「椎名うふねのことを、しっかりと調べてほしい」

『それは、彼女がお前の元婚約者のように股が緩いかどうか確認するためか?』

畑がすかさずきつい言葉をぶつけてきた。

口は悪いが、彼は彼なりに心配しているのだ。迅のこともうふねのことも。

付き合うために身元確認を必要とするような女ならやめておけという意味と、彼女の知らないところで勝手に調べることのアンフェアを非難する意味と。

畑のその審判のような正しさが、友人として誇《ほこ》らしいと思う。だから迅も率直に答える。

「違う、彼女を守るためだ」

『守る?』

「うふねはあまり自分のこと話さないけど、たぶん、ストーカーとか、かなり深刻だと思うんだ。俺はそれから彼女を守りたいと思っている。大切にしたいから、彼女がしんどい思いをする全てから守りたい」

『そうか。分かった。できるだけ善処する』

畑がしっかりと頷いてくれた。そうなると彼は心強い。

『じゃあ、あと二十日間弱ぐらい、二人で蜜月でも過ごせばいいよ。どうせこの後、嫌でも忙しくなるんだし』

長山がニコニコしながらそう言った。

「それ、どういう意味だ？」

長山が、机の上に伏せてあった紙を出した。それは、とあるアニメのポスターだ。

『じゃーん！　次のコラボが決まりました！』

「決まったのか！」

以前、何度か会合であったときに、迅の会社に興味を持った異世界転生系のアニメを作っている会社が「今度、うちを題材にして何か作れませんか？」と話を持ちかけてくれたのだ。

酒の席の話だったのだが、どうやら長山がうまく契約までこぎ着けたようだった。

「さすがだな、長山！」

『んふふふふ、もっと褒《ほ》めてくれたまえ！』

「そのアニメなら俺も見たことあるから、この後、オーディオルームで確認がてら見てくる。あー、どういった感じのにするか？　畑、あとで詳しく打ち合わせしよう」

『まあまあ、これは来月詳しく決めるから、今月は嵐の前の静けさだと思って、ゆっくりしててよ』

迅が生き生きと話を詰めようとすると、長山がそれを制する。

『なので、迅がゆっくりできるのも今だけ。彼女に時間が作れるのも今だけ。せっかく好きになった子と二人きりになっていい時間なんだから、今はゆっくりすればいいじゃん』

「俺は今、初めて長山のそのいいかげんな緩さに感謝してる」

『褒められている気がしない、だと？』

『まあ、節度はしっかり守れよ』

最後に畑が釘《くぎ》をしっかり刺すことも忘れない。

『じゃあ、また近いうちに連絡するから』

長山と畑との連絡を切ると、迅は時計を確認する。もうすぐ昼食の時間だ。

今日はうふねが昼を用意すると言っていたので書斎から出ると、階段下のキッチンで調理する音が聞こえてきた。

「あれ？　もう時間ですか？」

フライパンで何かを炒めているうふねが慌てるので、「違う、少し早く下りてきただけ」と返した。彼女の横に並んでフライパンをのぞき込むと、エビチリができていた。冷凍エビと出来合いのソースがあったのでそれで作ったのだろう。

「美味しそうだね」

「小麦粉をつけて焼いてソースを入れるだけなんで、誰にでもできますけどね」

迅の方が料理の手際がいいことを知っているうふねは、少し悔しそうにそう言った。

その拗《す》ねたような表情も可愛いと思う。

（たった十日しか経ってないのに）

どうしてこんなに惹《ひ》かれるのか。

たぶん、最初から、少しずつ惹かれてはいた。それは認める。

けれど、急速に惹かれたのはあの夜だ。元婚約者の最悪な夢を見た夜、迅はあまりの夢見の悪さに耐えきれず、水を飲むことにした。

うふねを起こさないようにしたかったが、キッチンにはすでにうふねがいて、迅より先にカウンターにぼんやりと立っていた。

すぐに迅が起きてきたことに気づいたが、そのときのうふねの、ぽつんと一人で起きている姿が、とても寒そうに見えた。

温度調整はしっかりしているマンションなので寒いことなどないはずなのに、彼女の周りだけ、しんっと静まりかえって冷え切っているかのような気配さえ感じた。

何にもない。

そんなことないはずなのに、そう、迅には思えた。

そんなに寂しそうなのに、うふねは迅の心配ばかりして、あげくに迅に希望さえ与えてくれた。

『しんどいことの後にはいいことが必ず来るんです。頑張った分、ご褒美は必ずあります。だから、自分が悪いって思わなくていいんですよ』

辛いときに欲しい言葉をもらえることが、あんなに気持ちがいいとは思わなかった。

彼女こそが、自分へのご褒美だと思った。

「よし、できあがり！」

うふねが皿に各々のエビチリをよそっていく。レタスが添えてあって、彩りが綺麗《きれい》だった。

「美味しそうだ」

そう褒めると、「えへへ」と嬉しそうにうふねが笑った。

その顔が可愛くて、ちゅっとキスをすると、分かりやすくうふねが固まった。

その手から汚れたフライパンとフライ返しをとって、流しに入れて、彼女の腰を支えてくるりと回転する。そして、トンっと彼女をキッチンカウンターと自分の間に挟んだ。

「迅さ……んっ……！」

畑と長山の許可は取った。彼女はもう自分の恋人だ。

（ああ、あのときもこんな風にキスをしたっけ）

そんなことを思いながら、うふねに深く、強く、吸うように執拗《しつよう》なキスをしていく。

「ふぁ……」

うふねの声は甘くて可愛い。

その声をもっと聞きたくて、耳たぶを親指でなぞると、彼女は肩をすくめて甘い吐息をキスの隙間に漏らした。

何もかもが甘くて可愛い。

知れば知るほど彼女のことが好きになる。

ふわりと笑った彼女の少し潤《うる》んだ瞳とか、小さく口角の上がった唇とか、そして柔らかく白い頬とか、全部が全部可愛いと思えた。

舌を絡めると、教えてもないのに彼女も舌を絡めてくる。

悔しいから上から注ぎ込むように唾液を彼女に落とすと、嚥下《えんげ》できないそれが彼女の唇の端から零《こぼ》れた。それを拭《ぬぐ》いがてら、首筋まで舌を這《は》わせ、カウンターに押しつけるようにその身体を押しつぶす。

股間はギンギンに硬くて、今すぐにでも挿入したくて仕方なかった。

「迅さん……ご飯っ……！」

甘く蕩《とろ》けた目でそんなことを言われたって、逆効果だ。

効果てきめんに煽《あお》られて、また深くキスをする。

「んっ……んんん」

うふねの足を大きく開かせた。その間に身体を滑り込ませて、股間を彼女のくぼみに押しつける。ぐりぐりとセックスするみたいに身体を押しつけると、お互いに布越しなのにその熱を感じ取った。

じんわりと、うふねのそこが濡れているように感じるのは、気のせいではないはずだ。

「ん、だめ……気持ちよくなっちゃう……」

「俺も……」

（ああ、もっと気持ちよくなりたい）

頭を真っ白にして、裸に剝《む》いて抱き合いたい。

股間が痛くてどうにかなりそうだと思ったが、さすがに午後からの仕事にも差し支える。今はできないのだと引きちぎれそうな理性で押しとどまる。

名残惜しそうに唇を離すと、うふねがとろとろに溶けた顔で迅を見ていた。

その頰を優しく撫《な》でて、迅は言う。

「好きだよ」

まだ少ししか一緒にいないが、この子をずっと守っていきたいくらい好きだと思えた。

うふねは蕩けた顔のまま、ふにゃりと笑って小さく答える。

「私も……好き」

そう返ってきたことが嬉しくて、迅は不覚にも更にぐりぐりと股間を押しつけてしまったが、それはご愛敬《あいきょう》だろう。それと、冷えてしまったエビチリも。

＊監禁十二日目＊
【三十五度八分／脈拍七十／ラッキーアイテムはバスルーム】

「そろそろ運動不足だと思うから、今日は水曜日だし、定時後にフィットネスルームに行こうか」

昼食時、迅がそう提案してきたので、うふねはそれを快諾した。

幸い、環境がいいせいか仕事は順調だ。一週間の中日に早めに仕事を終えても十分に間に合う程度には捗《はかど》っている。これも迅のおかげだろう。

(本当に私、運がよかった)

何の憂いもなく仕事ができる上に、ご飯も美味しく、運動だって計画的に行える。

こんな整った環境、今までだって体験したことはない。

(ここを出た後、元の生活に戻れるかなあ)

あまりに贅沢《ぜいたく》に慣れすぎてしまって、しばらくはしんどくなりそうだとは思ったが、それでもこの生活を早く切り上げるという選択肢はない。

「失礼しまーす」

無言で入室するのもどうかと思い、声をかけてフィットネスルームに入ると、迅は上半身を鍛《きた》えるマシンに座っていた。ガシャンガシャンとうふねでは到底動かせない負荷をかけた状態で筋肉を鍛えている。

(わぁ……)

今日の迅は、半袖Tシャツだったので、その二の腕の筋肉がチラチラと見え隠れする。

じんわりと汗をかいている様子から、うふねよりかなり前にここに来て運動していることが察せられた。何回か負荷をかけた後、ゆっくりと動作を止めた迅は、ぽおっと見蕩《みと》れているうふねを見て、ニコッと人なつっこい笑みを浮かべた。

そのギャップにうふねはきゅんっと胸が弾《はず》む。

「うふねもやってみる？」

「いえ、私は今日もランニングにしようかと思ってて」

「そう。そういえばサウナはもう使った？」

「サウナ、ですか？」

初日に案内されたバスルームの隣のサウナルームを思い出す。

さすがにスーパー銭湯のような大きなサウナではないが、二人くらいならゆったり座れる程度のボックスにはなっていて、上から蒸気が出てくるタイプのスチームサウナだ。

ここに来てすぐのときは、ちょうど生理が終わったばかりだったこともあり、のぼせそうなサウナはそのまま使わずに今週まできてしまった。

「まだ使ってないです」

「運動した後は、筋肉をほぐすのにはちょうどいいから、あとで使い方、教えるよ」

「ありがとうございます」

その後は一時間半ほど、各々運動をした。うふねはずっとランニングマシンだったが、迅は有酸素運動と筋トレを交互に繰り返していた。

もう初日のような電気を消す失敗をすることもなく、適度に汗を流してスッキリする。

（やっぱり、身体を動かさないのはよくないんだなあ）

「そろそろ切り上げようか」

迅の言葉にうふねも頷いて、使った器具を軽く掃除してから部屋を出る。

「俺たちみたいなデスクワーク中心の奴らは、油断しているとすぐに血管詰まるから、うふねも定期的に運動した方がいい」

「はい！」

なんだか訓練している上官と部下みたいな会話だなあと思いつつも、しっかりうふねの健康も気にしてくれるところがありがたい。

「じゃあ、俺は二階でシャワー浴びてくるから、うふねは下の階で風呂入っていいよ」

「ありがとうございます」

二階には小さなボックスシャワールームしかないので、風呂があるのは一階だけだ。

うふね用のアメニティが揃っているのは一階だけらしいので、申し訳ないなと思いつつもその言葉に甘えてしまう。

二階に向かおうとする迅に対し、ふと、悪戯《いたずら》な気持ちが芽生える。

「あの、迅さん」

「ん?」

迅が手すりに手をかけて振り返った。

「湯船につかりたかったら、一階のお風呂、一緒に入りますか?」

「……っ!」

分かりやすいくらいすぐに迅が赤面した。

「い、いや! 明日も仕事だから今日はいいよ!」

迅は一気にそう言い切ると、バタバタと足音を立てて二階に行ってしまった。

それを見ながら、うふねはくすくすと、おかしそうに笑ってしまう。

「冗談なのに……」

もちろん、半分くらいは乗ってこられても仕方ないかな、という気持ちもあったが、迅ならそうしないだろうと、なんとなく分かっていた。

(ほんと、少女漫画の中の人みたい)

分かりやすくて、でも格好よくて。これでもし、自分がピンチのときに颯爽《さっそう》と現れて助けてくれたなら、本当に惚れてしまうだろうなと思う。

「可愛い」

ポツリと呟《つぶや》いた言葉を迅が聞いていたら必死に弁明したかもしれないが、今はうふねしかおらず、その呟きを聞かれることはなかった。

二階のシャワールームで、

「明日仕事だから駄目とか、何言っててんだよ、俺！　仕事じゃなかったらどうするんだよ、くそっ！」

と迅が一人で悶々《もんもん》としていたことも、当然うふねは知らない。

＊監禁十三日目＊
【三十五度九分／脈拍七十／ラッキーアイテムは観葉植物】

（げ、なんでいるの？）

木曜日、うふねは自社の定例ミーティングにオンラインで参加していた。

出向という形で今は迅の会社に所属はしているが、それでも自社に定期報告は必要だ。

迅の会社を担当するチームの面々に、先週まではいなかった人間を見つけて、顔には出さなかったが内心苦々しく思った。

なぜならその一人は、この出来事の発端になった黒沢《くろさわ》だったからだ。

「今週から黒沢君もこっちの仕事を受けててね。椎名さん、何か終わらない仕事があったら彼に回してくれていいから」

（え……それって……）

ニコニコと上司は笑いながら言ってはいるが、その内容は決して笑える内容ではない。

うふねと同期なのに、上司の言い方では黒沢の役割はサブ。手伝い要員でしかない。

（何かあった？）

疑問には思えども、さすがに黒沢にわざわざ聞く気にもなれない。

そのまま上司が仕事の話を始めたので、うふねも黒沢はなるべく視界には入れずに話を始めた。幸い、黒沢は空気に徹していたので、その後は没頭して今回受け持った案件についての工数や、予算の配分などはスムーズに調整できた。

「では、来週はその工程で進めていこうと思います」

「うん、よろしくね」

上司は思った以上に、早い進行で仕事をしているうふねに満足したらしく、ニコニコとしながらうふねに頼む。

「ところで椎名さん」

「はい？」

「最近、いつもすごい広そうな部屋にいるけど、レンタルオフィスでも借りたの？」

「え」

思わず背後を画面で確認して、あ、と違和感に気づく。

ここはうふねのワンルームではないので、背景がカーテンではない。真後ろに見えるのは部屋のドアだが、その位置からして部屋が広いことは分かってしまったのだろう。

迅が提供してくれたパソコンに設置されたWebカメラは、うふねの仕事用のノートパソコンについているカメラよりも高性能だったらしく、少し遠い位置にあるドアやその脇にある観葉植物も見えていたらしい。

「そ、そうなんです。最近、いいところを見つけたので外出先で仕事していまして」

「へえ。いいね、そこ。今度、どこのレンタルオフィスか、僕にも教えてよ」

「はい〜」

ニコニコと愛想笑いを浮かべてそのまま通話を切ったが、変な汗が出ていた。

まさか取引先の社長と、高級タワーマンションで一緒に住んでいますとは、さすがに上司に言うわけにもいかない。

「びっくりしたぁ……」

レンタルオフィスにしても、こんなに広い部屋を一人で使っていることはおかしいと思われかねないのだが、上司は気づかなかったようなので安心した。

ただ、黒沢が始終無言を貫いていたのは不気味だった。

しかし、今更彼に関わる気は毛頭ない。幸い黒沢の管轄は自分と違う作業だったので、大きく関わることもないはずだ。

「よし。忘れよう忘れよう！」

パンパンっと顔を叩《たた》いて、気持ちを改める。

「あ、これ、迅さんに相談しないと……」

先ほどのミーティングで、別の形でアプローチした方が分かりやすくエンドユーザーに伝えられる案件があったので、その提案をするよう上司に頼まれたのだ。

こういう風に、社でできる最善を考えて直《ただ》ちに提案できるところが、自社の長所だとうふねは思っているので、パソコンからチャットを使って迅に声をかける。

『仕事のことで、そちらにお伺いしてもいいですか？』

『今、気分転換に部屋を出ようとしていたから、そっちに行くよ』

迅からはすぐに返事があり、当然、同じ家の中なので、すぐにうふねのいる書斎の扉がノックされる。こういうとき、迅は丁寧《ていねい》な人間だなとしみじみうふねは思ってしまう。

「すみません、来ていただいて」

ドアを開けると迅がニコリと微笑んでくれる。

「何の件かな？」

「実はあのコンテンツなんですけど、弊社で今開発しているプログラムがありまして……」

パソコンの方へと案内しながら説明する。本来ならこういうことは担当者と話すべきだと先週は思ったのだが、迅が自ら担当していると聞いたときは驚いた。

社長という仕事は、もっと対外的な仕事が多いと思っていたからだ。

しかし、よくよく話を聞いてみると、迅自身は開発の方に興味があり、対外的な担当は長山がしているらしかった。

だから社長ではありながらも、迅自身が担当する案件もいくつかあるらしかった。

「へえ、そういうのがあるんだ」

「はい。こうしたらもっとエンドユーザーも楽しめるかなと思いまして」

「いいね、採用したいな」

「はい、今回は私の方で進められるので、このまま組み込ませていただいて、もし気に入っていただけましたら、次回以降も弊社にご依頼いただけると嬉しいです」

「うん、ぜひともお願いしたい！」

そう言って笑った迅の顔は、面白いものを発見した子供のようにキラキラしている。

(この人、本当にこの仕事が好きなんだなぁ)

うふねも好きだから選んだ仕事ではあったので、迅の気持ちがよく分かる。

同時に、迅ほど力をつけてもまだ一兵卒のように現場での作業が楽しいと思えるのは、とても好ましく思えた。

「じゃあ、俺は戻るね」

「はい、ありがとうございます。来ていただいて助かりました」

「こちらこそ、よりよくなる提案をありがとう」

迅がニコっと笑ってパソコンから離れた。それから壁の時計を確認して、

「そうだ、うふね」

「はい？」

「三時だけど休憩入る？」

「あ、そんな時間なんですね。じゃあ……」

迅とは休憩時に、コーヒーを一緒に飲むこともあるので、その誘いだと思い椅子《いす》から立ち上がろうとしたときだった。

（ん？）

椅子の背もたれに迅が手を置いて、ぐっと身を屈《かが》めてくる。パソコンとうふねの間を遮《さえぎ》るように入り込むと、そのままうふねの唇に、ちゅっ、と可愛らしいキスをする。

「！」

目を見開いて驚くと、迅はくすりと笑ってから言う。

「休憩だから、見逃して」

（んんんんっ……！）

間近で見た迅の顔は文句なく格好よかったし、甘い声で囁かれる秘め事めいた言葉もドキドキとした。

「明日は金曜日だから、なるべく早く仕事を終わらせて、それからゆっくりしたいな」

つうっとうふねの頬を二本の指が優しく撫でる。鈍《にぶ》いわけでもないので、迅が何を言いたいのかなんとなく分かったが、少しばかり気恥ずかしくなって目を逸《そ》らすと、

「うふね」

と名前を呼ばれて抗議された。

「ね、いい？」

返事待ちの顔は、それでもどこか期待に満ち溢れていて、そういうところも子供みたいだなとうふねは思う。

（いや、思っていることは全然子供じゃないんだろうけど……！）

「わ、私もお仕事頑張ります……！」

頬を赤くしながらそう返すと、迅はたいそう満足げに微笑んでから、ポンとうふねの頭に手を置いた。

「約束だよ」

それだけ言い残して迅は部屋から出て行ったが、うふねは頭に載せられた手の感触に、顔を赤くしながら自分の頭をなぞる。

「なんか、昨日の仕返しされた感じ……」

昨日は迅があたふたしていたのに、今日はうふねの番だった。

久しぶりに感じる胸のときめきに、心がほわほわとした。

＊監禁十四日目＊
【三十六度／脈拍六十八／ラッキーアイテムはユーカリ】

いよいよ二週間目が終わってしまう。

思った以上にあっという間だったという気がしないでもない。

明日になれば、この部屋で過ごすのも残り半月だ。

（あと半月かあ……）

そうしたら、二人の仲もそこまでだ。もしかすると迅はその後も付き合ってくれようとするだろうが、すぐにうふねの周りの異常さに気づいて、うふねを嫌悪するだろう。

箱庭の中で、ぬくぬくと穏やかな生活を過ごせるのもそこまで。

まだ半月ある、という気持ちと、もう半月しかないと思う気持ちがせめぎ合って、落ち着かない。

だが、今現在、落ち着かないのはそれだけではないと分かっている。

（ど、ど、どうしてこうなったかなあ）

うふねは今、バスタオルを身体に巻いて、ミストサウナの中に入っている。

二人で入れそうだと思ったミストサウナは、思ったよりも狭く、男性である迅と入るには手狭だった。にもかかわらず、今、うふねと迅は同じミストサウナの中に入っていた。

なんてことない、木曜日の話の仕返しを今されているからだ。

「一緒に風呂に入ろうって言ったのはうふねだから、当然、入ってくれるんだよね？」

と威圧感のある笑顔で言われては、断ることは難しかった。

「俺、彼女とサウナなんて初めて」

しっとりとした霧雨のようなミストが充満する中、迅がそう言った。

「私も初めてです……」

「ふふ、緊張してるんだ」

迅が上機嫌にそう言ったが、緊張しないわけがあろうか。何せうふねは迅の膝の上だ。

上半身裸で、腰にタオルを巻き付けた男の太ももの上にタオル一枚で座ることが、こんなにも生々しいだなんて思いもしなかった。

「ん、どうしたの？　やけにおとなしいね」

腹に回された手がとても大きくて、太ももの上に座っているはずなのに、すっぽりと彼の腕の中に収まる程度にはうふねは小柄だった。いや、想像以上に迅が大きかったのだろう。

（この前はお互い酔っていたから気づかなかったけど、意外に迅さん、たくましい……）

チラリと横目で確認した腹筋は、バキバキというほどではないがほんのりと割れているのは分かる。

「ミストにユーカリオイルが混ざっているんだけど、大丈夫？」

迅の言った通り、降り注ぐ霧雨からは草の匂《にお》いがした。頭がスッキリするような香りに、うふねは「大丈夫」と返す。

「しかし、二人だとあまり何も見えないね」

周囲は大量のミストやら湯気で真っ白だ。お互いの身体はすぐ近くなので見えてはいるが、それでもぼんやりと視界がはっきりしないのは確かだ。

「ねえ、悪戯《いたずら》してもいい？」

後ろから迅が興味深げに聞いてくる。

「そ、そういうこと、わざわざ聞きます？」

「だって、いきなり触ったら驚くよね？」

「それはもちろんです」

「なら、確認ぐらいはするよ」

だったらしなければいいはずなのに、どうしてもうふねの言質《げんち》はとりたいらしい。

（変なところで真面目）

けれど、それは嫌ではなかった。

「じゃあ、悪戯するね？」

迅はそう言うと、腹に回していた手をすっと上げていく。

身体に巻いたバスタオル越しに手が這い上がってきて、ゾクリとした。やがて胸の下までくると、すくい上げるようにぐっと迅がうふねの胸を揉み始める。

「んっ……」

「ここ、タオル越しだからちょっと分からないね」

少しだけ残念そうに、胸の先端をぐりぐりとタオルの上から押してくる。

段々むず痒《がゆ》くなるような感覚にうふねが身をよじろうとしたとき、迅が耳元で囁いた。

「あ、勃《た》ってきた」

嬉しそうに、迅は先端の粒をタオル越しに探し当てて、きゅっと摘まんだ。

「やっ……」

ピリッと甘い快感に身もだえする。

迅がうなじに顔を寄せてちゅっと軽くキスすると、また囁く。

「うふねの声、甘くて可愛い」

「んっ……ふっ……」

右胸だけ執拗にコリコリと摘まれると、どうにも落ち着かない。もぞりと尻を動かすと、

「足、広げて」

と迅に言われた。サウナなので身体を覆《おお》う布はタオル一枚だ。足など開いてしまえば、当然その下は何も穿いてない。

「うふね、開いて」

どこまでも甘い声で優しくお願いされると、うふねも嫌とは言えなくて、ゆるゆると足を開く。するとタオルの裾が広がり、自分の目からは腹や下半身が丸見えだった。

恥ずかしくなって足を閉じようとしたら、ガシリと迅の左手がそれを止めた。

「なんで、触りたい」

「で、でも……」

「大丈夫だから。優しくする」

そう言って、ゆっくりと迅は手を這わせていく。太ももの内側に滑り込むと、そこを三度ほど撫でてから、中心に触れてくる。くちゅり、と分かりやすく水音がする。

「濡れてるね」

「そんなこといちいち言わなくてもいいです！」

恥ずかしくなってそう抗議すると、くすりと迅が笑った。

「なんで？　言いたい」

迅の指がくるくると蜜を絡ませて、襞をかき分ける。つぷっと音を立てて膣穴に指が一本入ってくると、それだけでゾクゾクとした。

思わず身体を屈めようとすると、ぐっと強く引き寄せられて、迅の胸に背中が当たる。

「もっと身体近づけてくれていいよ」

「でも……」

「俺に身体、預けて。その方が楽だから」

「んっ……」

きゅっと乳首を摘まれて、のけぞるように更に迅に密着した。

すると蜜孔の指がくちゅくちゅと音を立てて突き立てられる。

「んっ……はっ……」

最初に一本だった指はすぐに数が増え、もう一本差し込まれる。二本の指で内壁をこするように出し入れされると、体中を甘いしびれが覆《おお》っていく。

「あっ、んっ」

ミストサウナの中に自分の嬌声だけが響くのはとてもいやらしい。あまり大きく口を開けてしまうと、ミストが口の中に入ってきてしまうので、口は大きく開けられない。

ずぽずぽといやらしい音を立てて出し入れされる指と、それに合わせるように乳首を摘まむもう片方の手に、簡単に身体は翻弄《ほんろう》される。

（ああ、私って——）

「んんっ、んんんんっ、あ——！」

（やっすい女だなあ！）

自分でも信じられないくらい簡単にイかされて、のけぞるように天井を仰《あお》ぎ見たが、ミストでぼやけて見えなかった。汗なのか、それともミストなのか分からないが、顔中がびしょびしょだし、息もしづらいから息苦しい。

背後では、ハアハアと迅の息も荒くなっていて、彼の屹立《きつりつ》がタオルがずれて直でうふねの尻の割れ目に当たっている。時折ピクピクとするのは、彼もきちんと興奮しているからだろう。ちゃんとうふねで勃起してくれていることは、少なからず嬉しかった。

「うふね……」

「ん？」

「ちんちん、痛い……」

「はあっ⁉」

（なんて言ったの、今？）

一瞬、聞こえた言葉が空耳だと思いたかった。

しかし、ぐりぐりと彼自身を押しつけてくる迅は、「うー」と小さく呻《うめ》いているし、それはかなりギンギンのバッキバキだ。今にも暴発しそうな様子に、

「え、しないんですか？」

と思わず聞いてしまう。

「すっげぇ、したい」

正直に、かなり切実な声で言われた。

先ほどまでのピンク色の空気は、全くなくなっているのは間違いなく迅のせいのはずなのに、彼自身はそれに気づいていない。

「けど、ない」

「ん？」

「ゴムがない」

うふねの肩に頭を押しつけて、ぐぬぬと呻く迅に、うふねは後ろから抱きすくめられている状態だというのに、ぶふっと吹き出してしまった。

「それじゃ駄目《だめ》ですねえ」

「うん、駄目だよなぁ……」

くすくすと笑いながら、うふねはじんわりと目尻に涙を浮かべてしまう。

「なんで二人でサウナに入ろうなんて言ったんですか」

「一緒に入りたかったから。ちょっと触れられたらいいなと思って。けど、こんなにちんちん痛くなるとは思わなかった……！」

「言い方！」

耐えきれずにケラケラと笑ってしまう。

（えー、会社の社長さんって、もっと格好いいと思っていたのに）

でも嫌いじゃない。素直な迅がやはり可愛いと思った。

仕事をしているときの彼はもっとずっと大人なのに、こういうときの彼は実年齢よりずっと子供っぽい。それが可愛いとうふねには思えた。

「もう、仕方ないなぁ」

うふねは笑いながら迅の腕の拘束を外すと、立ち上がって迅の方へ振り返る。うふねを座らせていたので、迅は足を開いている。

タオルがはだけて、その中心で触れてもいないのに迅の屹立がビクビクとかすかに震えて天を仰いでいた。

迅は、少しだけ恥ずかしげに、だがどこか期待するかのようにうふねを見上げた。

うふねはゆっくりと迅の足の間に座り込む。ベンチに座っている彼の足下に座ったが、サウナの水蒸気で床もそれほど冷たくはなかった。

「気持ちよくしてくれたから……」

そう言って迅のそそり立つペニスに触れると、それだけで迅が「うぁ……」と小さく声を上げた。

親指で鈴口の先端をこすると、ミストではないぬめり気がぷくぅと溢れてくる。

顔を近づけてふっと息を吹きかけると、面白いくらいビクンと迅が跳ねた。そのまま口を開けて先端を含む。口内に水ではない塩っぽい味がかすかに広がる。

ちゅるっとすすってから、舌を使って竿の部分を舐《な》めながら飲み込んでいくと、迅がまた艶《つや》やかに声を上げた。

くしゃりとうふねの頭を撫でてくる。

咥《くわ》えきれない根元の部分には右手を添えて、口の動きに合わせて上下に動かす。左手で玉袋もくすぐるように触れてみると、確かにパンパンで辛《つら》そうだった。

「くっ……うふね……すごく……いいっ……すぐ出そう」

ただ口の中で出し入れするだけではなく、強弱をつけて吸ってやると、それだけで鈴口の先端がたらたらと先走りをこぼす。

「あ……まっ……これっ……イくっ！」

ものの五分もせずに迅はうふねの口の中に吐精した。

ビクンビクンと口の中で彼のペニスが跳ねながら、青臭い精液を三回ほどに分けて放つ。

うふねの口の中はドロドロしたもので埋め尽くされた。

(う、これはちょっと量が多い……)

さすがに飲みきれるような量ではなくて躊躇《ためら》っていると、迅がすぐに

「いいよ、吐《は》いて！　流すから吐いて！」

とうふねに促してきたので、お言葉に甘えて、床に吐いた。

「うわ……いっぱい……」

吐き出したそれは自分が思った以上に多くて、驚いて迅を見上げれば、彼は顔をほんのり赤くさせながら慌ててシャワーでそれを流す。

「こ、ここ一週間、抜いてなかったから！」

（ん？）

この部屋に監禁されたのは二週間前だ。一週間足りない。

そう思ったが、うふねはニッコリ微笑んで問いかける。

「気持ちよかったですか？」

迅はあたふたとしていたが、すぐに観念したように、

「ありがとう……気持ちよかった」

と顔を真っ赤にしながら言ってくれた。

（すごく可愛い）

格好よくて、可愛くて、ムードがあるんだかないんだか分からなくて。

けど、そんな迅が好きだなあ、とうふねは強く思った。

3．閉じられた愛の部屋でふたりきり

＊監禁十五日目＊

【三十五度三分／脈拍六十三／ラッキースポットは湖】

朝一の計測は、三週間目に入ったので、相性診断も入った。

二人で鍵に指を差し込むと、ぴろぴろりん♪　という機械音の後、またファンファーレが鳴った。

《二人の愛情度は九十です！》

更に高い数値に、思わず二人は顔を見合わせた。

「ほんと、こんなのに百五十万……」

迅《じん》が遠い目をしたが、うふねもその気持ちは分からなくないと思ってしまう。

無駄《むだ》な機能が多すぎるし、ラッキーアイテムだったりカラーだったり、スポットだったり、機能が細かすぎる。

その割にそれが二人の生活に全く何の影響も与えないのだから、この鍵は失敗作だと言えよう。

「今日、何かする予定ある？」

土曜日なので仕事は休みだ。迅が朝食後にそう尋ねてきたので、うふねは首を横に振った。すると迅が爽《さわ》やかな笑顔を見せて言う。

「デートしよう」

「デート、ですか？」

「そう、せっかく付き合い始めたんだから、デートしたい」

「え、でも……」

この部屋からは出られないのにどうやってデートをと思ったら、オーディオルームへと連れて行かれた。そして迅からVR用のコントローラーを渡される。

それは以前も見せてもらったものだ。

「長山《ながやま》に頼んでVRコントローラー、もう一台、届けてもらったんだ」

「そうなんですね」

ゴーグル型のヘッドセットを被り、両手にコントローラーを持つ。

迅も装着して調整後、ヘッドセットの内側の画面が起動して、うふねは目を見開いた。

「うわあ……！」

そこに広がるのは、水族館だった。

目の前には二匹の猫耳をつけた小さな獣人がいる。白耳の女の子は、うふねがコントローラーを動かすと動いたので、うふねのアバターだろう。

その隣にいる黒髪に黒耳の男の子が迅なのは、すぐに分かった。アニメっぽい姿ではあったが、平面ではないのでなんだか不思議な気がする。

「水族館デート！　俺が誘導するから、うふねは俺と手をつないで」

簡単な操作は装着する際に教わったが、それでもこういったコントローラーに全くなじみのないうふねの白猫の女の子の手を、黒猫の迅がつないでくる。

『JINのアバターがリンクをリクエストしています』

するとと、目前にコマンドが現れた。うふねが迅から教わった通り手元のコントローラーでOKを指定すると、白猫と黒猫が手をつなぎ、うふねが動かさなくても二人が歩き始める。

「わあ……！」

ここがオーディオルームだということを忘れてしまいそうになる。

それくらい水族館の中はとてもリアルにできていた。

薄暗い通路と、鮮《あざ》やかな魚たちの水槽のコントラストがとても美しい。まるで本物のようにゆったりと水の中を泳ぐ魚たちは近づいてみても、それが偽物《にせもの》とは思えない。

本当に水族館の中を歩いているみたいだ。思わず歩いてしまいそうになるが、ヘッドセットは視界を塞《ふさ》いで危険だから、実際には歩かないように言われていたので我慢する。

「うふね、見て！」

迅が指さした先を見て、うふねは更に大きく感嘆の声を漏《も》らした。

「くじら……！」

目前のとてつもなく大きな水槽の中に鯨《くじら》がいた。おそらくシロナガスクジラだろう。実際の水族館では決してあり得ないそれが、画面いっぱいに広がる。

どこまでも遠く広がる水槽。

「うふね、見てて」

そう言うと、迅が黒猫の手を振った。

すると、パアッと水槽の枠組みがとられ、白猫と黒猫の獣人たちは水の中に入り込む。

足下も水になって、まるで水中の中にいるような気分になる。

「すごいっ！」

うふねの脇を色鮮やかな熱帯魚が、美しいひれを揺らめかせながら優雅に泳いでいる。

大きな鯨はうふねたちの足下のずっと下を悠然と泳いでいた。

自分たちの身体より圧倒的に大きな鯨の背中を、上から眺《なが》めることなんて実際には難しいだろうが、ここはＶＲの世界だ。

全くの違和感なく眼下を泳いでいく巨体に、ただ、ただ、うふねは飲まれた。

ふねは驚いてしまう。

「本当に綺麗《きれい》……」

うっとりと呟《つぶや》くと、迅の黒猫が「ありがとう」と微笑《ほほえ》んだ。表情まで変えられることにう
ふねは驚いてしまう。

（本当にデートしているみたい……）

現実ではあり得ない幻想的な世界だし、実際には手をつないでいるわけでもない。

互いに全く似ていないアバター。

にもかかわらず、確かにこれはデートだとうふねは思った。

（こんな世界もあるんだ……）

うふねの知らなかった世界だ。

在宅勤務に変えたとき、一日中家にいることがあんなに大変だとは思わなかった。

毎日、パソコンに向き合っていることは同じなのに、人がいない、話さない、動かない。

ないない尽くしの環境は、ゆっくりとうふねの心を蝕《むしば》んでいった。

もしかして、自分はこの社会にいなくてもいい存在なんじゃないだろうか――とまでは思
わなかったが、それに近いことは感じていたと思う。

「今度は違う場所に行こう」

「わあ……」

水中だった場所がサアッと色彩を変え、ウユニ塩湖のようにどこまでも果てしない水平線

と透き通る水たまりの世界に変わった。

そして惚《ほ》れ惚《ぼ》れするほど美しい空を飛ぶのは無数の魚たち。

現実ではあり得ない光景だが、だからこそとても美しかった。

「綺麗……」

言葉少なに見入るうふねに、

「現実であり得ない世界もこうして作れるのって、やっぱりすごいよなあ」

と、迅も感じいったような声を上げた。

「行きたくてもいけない場所とかも、バーチャルの世界なら行けるってすごいと思わない？」

うふねが今見ているのはアバターの黒猫の迅だ。

けどその瞬間、満面の笑みを浮かべてうふねを見る迅の顔が重なって見えた気がした。

トクンと心臓が跳ねて、その一拍後――。


『お前は一生、一人で生きていけ！』

また、あの言葉が、うふねの耳に飛び込んできた。

否《いな》、記憶の断片が掘り起こされた。

自分と同じ制服姿の少年から、ぶつけられた言葉。

忘れるな、忘れてはいけない、と自分自身にも言い聞かせている言葉だ。

「……」

「うふね？」

返事がないうふねを不思議に思ったのか、迅がもう一度うふねを呼んだ。うふねはすぐに
「そうだね！　私もそう思うよ！」

と、はしゃいだ声を上げた。

こういうとき、アバターというものは便利だ。

だって、そこにいるのは、偽《いつわ》りの白猫の自分だ。貼り付けられた笑顔は、うふねの笑顔だと迅は思うはずだ。

ボロボロと零《こぼ》れる涙を、迅は知らない。

彼が気づく前に泣きやめ自分、と思いながら、うふねはこの、甘くて幸せな時間を受け入れる。

非現実の世界だから、美しい。

現実の世界は、美しくもなんともない。

そのことを、椎名うふねは嫌というほど知っている。

＊監禁十六日目＊
【三十五度五分／脈拍六十三／ラッキーアイテムはスタンプ】

日曜日。椎名《しいな》さはりは、姉の部屋を尋ねて、その冷蔵庫の中を確認し、

「やっぱり……」

とため息をついた。

姉のうふねから、急な出張が入ると言われて彼女の部屋を片付けに先週も訪れた。けれど、そのとき感じた違和感をどうしても拭いきれず、今日、改めてうふねの部屋を訪ねたのだ。

うふねはお世辞にも掃除が上手な人間とは言えない。だから部屋の片付けは適当なことも多く、家の半分は片付いていても、半分はゴミなんだか使うものなんだか、分からないものが散らかっていることが多い。

うふねからの電話では、着の身着のまま出向になってしまったので、冷蔵庫の中も、部屋の中も片付いていないのだと言っていた。にもかかわらず、この日、改めて訪れたうふねの部屋は、先週と同じく綺麗に片付いていた。

さはりが最初に来た日から、部屋の中は綺麗だったのだ。一応、姉がそうしたのだろうと思いたかった。だからわざと、冷蔵庫の中のものは片付けなかった。

そして今週、もう一度、部屋の中に入って、さはりは確信した。

——冷蔵庫の中は、綺麗に片付いていた。

（もう、なんで——！）

泣きそうになる。吐《は》きそうになる。

何故、姉ばかりがこんな思いをしなければならないのかと、いつも思ってしまう。

誰かは、うふねが悪いのだと言った。

誰にでもいい顔をして、愛想笑いばかり浮かべるから。

どこか助けてほしそうな顔をして、人の善意を誘うから。

善意と悪意の境界はどこだ。

勝手に人の部屋に入って、その部屋を片付けることは、本当に善意だと思っているのか。

冷蔵庫の前でぺたりと座り込んでいると、ガチャガチャとドアノブを誰かが回す。

ギイッとドアが勝手に開く。

「あら……」

人のよさそうな顔をした老婆が、訝《いぶか》しげにさはりを見ていた。警戒したその顔に、さはりこそ、警戒する。

「どなたですか？」

さはりが問いかけると、老婆は答える。

「大家ですけど？」

さも当然かのように大家は答えた。

「私は椎名うふねの妹です。姉に頼まれて、部屋の掃除をしに来ました」

「まあ、うふねちゃん、やっぱりどこかへ出かけているのね。二週間前からずっといないから心配していたのよ」

大家はそう言って、勝手にうふねの部屋に上がってくる。さはりが許してもいないのに。

「うふねちゃん、どこに行っているの？　大丈夫？」

心配する大家の顔に、悪意はない。心底うふねを心配している様子は、まるでうふねを娘か孫のように思っているかのような様子で。

（けど――）

「冷蔵庫の中のもの、悪くなっているものは捨てておいたから。うふねちゃん、いつになったら帰ってくるの？」

（反吐《へど》が出る！）

心の中で悪態をついて、さはりはそれでも笑顔で大家に言う。

こういう輩《やから》に正論をぶつけたところで、被害者面《づら》で泣きわめく経験は、散々してきた。

傷ついたのは自分だと言わんばかりに泣く奴らは、うふねが傷つくなんて何一つ思っていないのだ。

だって、彼女たちは、みんな、善意でしか動かない。

「それが急な転勤になったらしく、今月末にはこの家を出て行くつもりなんです」

「あら、まあ！」

「大家さんにはよくしていただいていたと姉も言っているのに、残念です」

「そうなの？　次はどのあたり？　うちのアパートが近くにあれば、私が融通利かせてあげるんだけど」

「私もまだそこまでは姉から聞いていなくて……」

愛想笑いで会話をしながら、そっと大家を部屋から押しだし、意味のないさはりの合鍵で部屋を戸締まりする。

「また改めて姉とご挨拶《あいさつ》に来ますので」

そう言うと、大家は残念そうに自分の車に戻っていった。わざわざ、車でうふねの部屋を見るためだけに来た彼女は、誰かにとってはとても優しい人なのだろう。

けれど、うふねにとってはそうとは限らないことが、ただ、ただ、さはりには悔しかった。

（お姉ちゃんが……もっと嫌な人だったらよかったのに……）

人の善意なんて平気で振り切れる嫌な人間だったらよかったのに。

本当にそう思う。

しかし、さはりの姉は、どこまでもお人好しで、そして前向きで、どんなにしんどいことがあっても、へこたれない。そんな人だ。スマホから姉にメッセージを送る。

【今、何してるの？】

姉からはすぐに既読がつく。

【生理がいきなりきちゃって、部屋で寝てる】

【そんなときにごめん】

【どうしたの？】

【部屋、引っ越した方がいい。大家が勝手に入ってきてた】

既読の後、わずかな時間があった。だが、すぐにうふねからまた返事が届く。

【いやな思いさせて、ごめんね】

「謝る必要なんて、ないでしょう！」

思わず画面に向かって叫《さけ》んでいた。やり場のない怒りをそこにぶつけてしまう。

それでも画面向こうのうふねは、きっと柔らかい笑顔を浮かべてさはりにメッセージを送ってきているのだろう。

【来月はマンスリーでも借りようかな。さはりの大学に近いところにでも住もうか？　学校帰り、泊まってもいいよ！】

なんてことないように他愛ないメッセージを返してくるうふねがどんな気持ちなのか、さはりには理解ができない。

それでもさはりのことを思ってそんな返事をしてくるから、たまらない。

「ほんと、馬鹿」

【お姉ちゃん、何で通勤するつもりなの？】

【しばらくはリモートだから大丈夫】

【それなら実家にもど】

と、途中まで入力して消した。

地元もまた、うふねにとっては優しくもなんともないところだからだ。

「うっ……」

泣きそうになるのを堪《こら》えながら、さはりは姉にメッセージを返す。

【じゃあ、出向終わったら二人でちょっと高いホテルに泊まって、部屋探ししよう！】

なるべく楽しくなりそうなことを書くと、うふねから満面の笑みのスタンプが帰ってくる。

【すごくいいね！　それを楽しみに出向頑張るよ！】

どんなときでも前向きを装ってくれる姉が愛しい。

しかし、このときのうふねは、珍しくもう一度、別の明るさをさはりに見せてくれた。

【今の出向先、私が生きてきた中で、一番、幸せなところだよ】

さはりは大きく目を見開いた。そんな言葉を初めて見た気がした。

そんな風に姉が思える場所ができたことに驚き、思わずまじまじと画面を見つめてしまう。

「だったら、ずっとそっちにいられないの……？」

思わず言葉で問いかけると、まるでそれを見越したかのように、うふねが再度続けてメッセージを送ってくる。

【あと二週間だけなんだけど、お姉ちゃん、めいいっぱい楽しんでくるね！】

期間限定なのだと暗に匂《にお》わせられたその言葉に、さはりは強くスマホを握りしめた。

「……ねがい」

（お願い……誰でもいいから、お姉ちゃんのこと、助けてよ！）

画面の向こうにいる姉の幸せを、さはりは強く願った。

すると、そんな彼女に声をかけるものがいる。

「すみません、今、椎名うふねさんの部屋から出てきましたか？」

男の声だ。

さはりはゆっくりと顔を上げた。

＊監禁十七日目＊
【三十五度五分／脈拍六十三／ラッキーアイテムは紅茶】

「痛《い》たたた……」

書斎で下腹を押さえて、うふねは強く呻《うめ》いた。

（予想外ー）

予定よりも早く生理が来てしまった。

この部屋に入る前に終わったばかりだったので、あわよくば最後の週の終わりにでも重ならないでくれたらいいと思ったのに、今回に限って早く来てしまった。

しかも今日は二日目だから、一番重い日だ。

（なんでぇ……）

毎日のご飯が美味しすぎたからか。

それとも久しぶりに、いやらしいことばかりしたからか。

色々思い当たることを考えようとしたが、どれもピンとこなかった。

ただ、環境が変われば生理が不順になることは往々《おうおう》にしてよくあることなので、今回ばかりは仕方ないと諦める。

幸いにして、長山《ながやま》が用意してくれた日用品の中に生理用品もあったので、血まみれという事態は免《まぬが》れた。

夜用も多い日も軽い日も全部用意されていたのを確認したときには、さすがにちょっと気持ち悪いなと長山のことを思ってしまったが、用意してくれたのは長山に頼まれた女子社員のはずなので、その人が気を利かせてくれたのだと思いたい。

ちなみに迅には、昨日、生理がきてすぐにバレた。

「顔色悪いけど大丈夫？　もしかして貧血気味？」

心配してくれる彼に嘘《うそ》をつくこともできず、生理が来たのだと言うと、一日至れり尽くせりの日曜日を味わわされた。

（本当に迅さんはスパダリすぎる）

本来なら、三週目は迅がベッドで、うふねがリビングのソファで寝るはずだったのが、今週も、うふねにベッドを譲ってくれたのだ。全然ソファでも構わないというのに。

「お腹を冷やさない方がいいから」

ソファでも十分休めるのだが、ありがたく迅に甘えてしまう。

今日も今日で、仕事をしようと書斎に向かおうとしたら、

「しんどかったら、休んでもいいんだよ？」

と、優しく言われてしまった。

顧客の社長にそう言われるのは、なかなかくるものがあったが、さすがに仕事とプライベートは別にしたいし、生理が重くとも仕事ができないほどではなかったので、それは断った。

「さて、もう少し頑張ろう！」

進捗は上々だ。木曜日にはまた定期のオンラインミーティングなので、工程より早めに仕上げておきたい。

（あ、そういえば黒沢《くろさわ》からメールがきていた気がする）

確認するのも億劫《おっくう》だが、同じ仕事をしているのだから、無視もできない。

下腹を左手で押さえながら、マウスでブラウザメールを開いて黒沢のメールを確認すると、やはり仕事についての質問がいくつか来ていた。

彼が今まで使ったことのないソフトで、使い勝手が分からず勘違いしているところもあり、そこを指摘して、そのソフトに詳しい人の指示を仰《あお》ぐように伝える。

同じような仕事をしていても、得手不得手は出てくるものだ。うふねはソフト系が得意だが、操作するためのパソコンなどのハード系は黒沢の方が詳しい。

お互いの足りないところを補いながら、うまく仕事をしていたつもりだったのに、黒沢の中ではうふねは左遷候補のライバルだったのだから笑えてくる。

（相談してくれたら、私が異動してもよかったのに）

たとえ地方への出向だったとしても、根無し草のように荷物も少ないうふねなら、すぐに転居も可能だった。確かに親しくなった同じ会社の人たちと離れるのは寂しいが、いつまでも一緒にみんなと仕事をしていられるとまでは思わなかった。

病気になったり、家庭環境が変わったり、人生には様々なことが起こるのだから、変わらずに同じ職場で定年まで働ける人なんて、今の世の中じゃそう多くないのではと思っている。

まあ、社会人経験もまだ少ないうふねが言ったところで、上司には鼻で笑われそうだが。

しかし黒沢が真摯《しんし》に相談してくれたら、うふねはきっと自分が異動すると手を挙げたはずなのだ。

なのに、黒沢がとった手段は、最低な悪手で。

そんなことをしてきた人間に対して、うふねには優しくする器《うつわ》など一切ない。

だから今も、黒沢のメールの最後に書いてあった文は、まるっと無視する。

『どうしても会って謝りたい。出向先の定時後、迎えに行くから会えないか』

そんな文章が書いてあったことさえ認めない勢いで、仕事の内容しか書かないメールで返事をした。

「はあ……」

メール一つ返しただけでぐったりだ。月曜日の仕事は捗らないといえども、これは酷いと我ながら思っていると、トントンとドアがノックされた。

「はい」

「うふね、大丈夫?」

仕事のときは滅多に部屋に来ない迅が、珍しく声をかけてくる。

「大丈夫です」

「これ、カフェインレスの紅茶」

「え、すみません……」

（生理中にカフェインはとりたくないなんて、言ってないのに）

うふねは体質的に生理中はコーヒーや緑茶などを受け付けなかったので、何も言わずにカフェインレスの紅茶を持ってきた迅に少し驚いてしまう。すると迅が苦笑しながら、

「俺の姉が生理中はカフェイン駄目で」

と先に答えを教えてくれた。

「お姉さん、いるんですか？」

「ああ、姉と弟がいる。姉は生理が結構重くて、大変だったんだ」

「そうなんですか？」

「もう高校生のときからずっと、生理前になると理由もなく泣いていて、俺は男だからそういうの全然分からなくて、女ってしんどいなって思ってた」

（なるほど……）

彼が生理に理解があるのは、生理が重い人が身近にいたからなのだと知り、半分納得する。だが半分では、身内にそういう人がいても全く思いやらない人もいるので、迅の性格に由来するところが大きいのだろうことは察した。

「そこで俺にはないからって無視するんじゃなくて、気にかけてくれるところは、迅さんだからだと思いますよ。迅さん、優しい。ありがとう」

カップを受け取って、心から礼を述べると、迅が恥ずかしそうに目を逸《そ》らした。

「いや、うふねだからだし」

そうは言っても、お姉さんがしんどいときも、なんだかんだと気にかけたのだろう迅の姿が目に浮かぶ。ただ、それを指摘するのも野暮《やぼ》なので、うふねは紅茶をありがたく口にする。

ホッとする温かさに、下腹の痛みもほんのり和らいだ気がした。

「あのさ、俺、今週は少し多めに残業しようと思うから、夕飯、一緒には食べられなさそうなんだ。大丈夫？」

「あ、だったら私が作っておきますね」

「今日と明日はいいよ。無理しないで。冷凍食品を温めよう。その代わり、明後日くらいに作ってくれたら、俺も残業頑張れそう」

（百点満点すぎない？）

はにかんで笑う迅が優しいやら格好いいやらで、言葉がない。

「明後日なら私ももう体調は戻っているので、頑張りますね」

ニコッと笑うと、迅も「楽しみにしている」と嬉《うれ》しそうにまた笑った。

それから、ポンポンとうふねの頭を軽く撫《な》でて、

「仕事順調そう？」

と尋ねてくる。

「おかげさまでバッチリです」

「じゃあさ、来週で最後だから、最後の一週間は定時後もいっぱい一緒にいよう」

「ふあ？」

そうか、来週で最後かと思ったが、それよりもその先に驚く。

「この部屋から出た後のこととか、色々、いっぱい来週は話したいし」

キラキラと、未来を信じて疑わない。

付き合い始めの彼氏が、ベタ惚《ぼ》れの彼女にお互いの未来について青写真もいいところな話を青臭く語るその瞬間を、目の前で繰り広げられて。

喜ぶよりも先に、ポカン、としてしまった。

（あ、この人、ここを出てからも私とずっと付き合ってくれるつもりなんだ……）

迅の性格上、それは当たり前といえば当たり前だったのに、うふねの方はここを離れたら、否応《いやおう》なしに別れが来ると思っていたから、反応が遅れてしまった。

「うふね？」

迅が返事のないうふねを心配そうに見下ろしてきたので、慌てて答える。

「え、あっ……その、もしかして、今週の残業は来週のためですか？」

迅はニッコリと笑うと、またうふねの頭をポンポンと叩《たた》いた。

「本当は来週一週間、有給休暇とりたいくらいなんだけどね」

「そ、それはさすがに……」

「うふねさえ大丈夫なら有休にするけど」

「いえ、さすがにそれは無理です」

きっぱりと断ると、迅も「うん、分かってる」と引いてくれた。

そういう風にうふねの仕事のことも尊重してくれるところが、本当に素敵《すてき》だと思った。

重かった生理痛は、迅が仕事に戻る頃にはだいぶ和らいでいた。

＊監禁十八日目＊

【三十六度四分／脈拍六十五／ラッキーアイテムは手帳】


「ゴムが欲しい」

単刀直入に迅がそう言うと、

『切るぞ』

間髪入れずに畑《はたけ》がそう返した。

定例となりつつある男三人のオンラインミーティングは、相変わらずのカオススタートだ。

「なんでだ？」

迅が不満もあらわな表情をすれば、畑も死んだ魚のような濁《にご》った目で言い返す。

『火曜の朝一に、オンラインミーティングしたいって呼び出された俺に、お前は全力で謝れ』

『待って、今は外出《そと》しなの？　それって赤ちゃん、できちゃうよね？　外出《そと》しでも少しは出てるからね、迅』

『よし、長山は今から外回り行ってこい』

隣でうぷぷと笑いを堪《こら》えている長山に対して、畑が容赦《ようしゃ》なく退出を促《うなが》した。

『昨日、俺、外回りしてきたから今日はいいっス』

「で、ゴムの種類なんだが……」

『迅、俺の話を聞いていたか？　何故、お前は話を続けようとしている』

『え、薄いやつ？　それとも厚いやつ？』

「いつもは薄いのが欲しいんだが、今回は厚いのも……」

『友人のセックス事情なんて知りたくねえ！』

迅と長山の会話を、畑が頭を抱え込んで遮断した。

『よしんば、お前たちの交際が順調なのは喜ばしいが、なんで今、避妊具の話をする？』

「ゴム買ってこいなんてメールに書けないだろうが」

『ああ、書かなくていい！　そんなメール、見たくもない！』

『畑《はた》やん、畑やん、落ち着いて。中出し腹ぼて回避には、避妊具大事』

長山が久しぶりに畑を大学時代の呼び方で呼ぶと、畑も少しは冷静さを取り戻したのか、

『まあ、それもそうだな』

と少し納得する。ここで納得してしまうあたり、畑も畑でちょっと抜けてはいるのだが、
迅も長山もそんなことは思っても口に出さない。

三人のバランスとしては、ちょうどいいからだ。

『けど、迅もまだHしてなかったんだね？』

「日曜日にしようと思ったら、うふねが生理になったんだ。さすがに、な」

『あー、さすがに初めてが生理はお互いにないね』

『すごい良いこと言った風にお前たち言っているが、椎名さんの体調のことを暴露《ばくろ》している
迅は最低だし、それに対して普通に感想述べてる長山もゲスだからな？』

畑はもう疲れたのか、画面越しの迅とは目を合わせず、静かにそう言った。

「だから、今週はうふねに手を出さないように残業をしている」

『そういう報告もいらねえよ。何の報告してんだよ。あー、もー、どうして俺、今日、フレ
ックス使わなかったんだ……』

畑だけが酷《ひど》くぐったりしているが、迅としてはかなり大切な話をしているつもりではある。

「そもそも男女二人が同じ部屋で一ヶ月監禁されているんだぞ？　何も起こらないと思うの
か？」

『それ、あの部屋に入ったばかりの頃のお前に同じこと、言えるのか？』

つけた。

「満面の笑みで過去の俺に言うな。『最高だ』って」

自分でもデレデレとしている自覚はあるので、最大限惚気《のろけ》ると、畑が机にガンッと頭をぶつけた。

「どうした、畑。眠いのか？」

『布団の中に入っていたかっただけの一日だった』

「まだ始まったばかりだぞ？」

『本当だよ、午後から椎名さんの会社の人たちも来るのに！』

どうやら畑自ら動いてくれているらしい。本来なら畑は一下請けとの会議など管轄外のはずなので、少し不思議に思うと畑が説明してくれる。

『椎名さんはこっちに出向って扱いだから、彼女もうちの会社に出勤していると彼ら思っているんだよね。だからそのあたり、ぼかして説明しておく』

「ああ、そういう。すまないな」

かなり強引にうふねを一ヶ月、自社に出向させた自覚はあるので、畑のフォローはありがたかった。

『ただ、今日、うふねちゃんをだまそうとした、あの黒沢くんも来るんだよね』

畑の横で、長山が椅子《いす》の上でくるくる回転しながら言った。

迅はすうっと目を眇《すが》めて、黒沢のことを思い出す。うふねがこうして迅と住むことになる原因を作った同期の男だ。

山島《やましま》の件は、山島にも後ろ暗いことがあったおかげで、長山がうまく手を回したらしい。

しかし、黒沢に対しては何もしていなかった。山島の件を内々にこちらで処理した手前、黒沢の罪を明らかにはできなかったからだ。

うふね自身もその点は納得しているようだったが、それでも、その男がうふねにしたことは、同じ男としても迅は許せないと思っていた。

迅は最初に電話でやりとりしただけで、黒沢の顔は知らないが、そのときもあまりよい印象は持っていない。

「そいつ外せないのか？」

そんな人間と仕事ができるとは思えずそう尋ねると、畑が軽く首を横に振った。

『椎名さんの会社の上司からどうしてもって言われたからね。椎名さんを出向扱いで、無理やり引っ張った負い目もあるから難しい』

『はいはーい！　俺の方でその同期のこと調べているんだけど、ちょっと気になることあるんだよね～』

長山がうーんと、なんとも言えない声を出す。

「どうした？」

『うふねちゃんの実家と、黒沢くんの実家、隣市で微妙に近いんだよ』

なった。

『うふねちゃんはそのあたり知ってるのかな？　まあ、故郷の話なんてしているのか分からないんだけど、彼女の場合、たとえ隣市であっても同郷ってちょっと警戒した方がいいよね？』

さっきまで馬鹿みたいな話をしていたのに、今は笑えない話に迅の表情もますます険しく

「ああ、調べといてくれ。畑の方は今日、会議で黒沢がどういう男かよく見ておいてほしい。なんだったら、オンラインで俺も会議に参加してもいい」

『社長まで出てくるほどの会議じゃないが、椎名さんをうちで引き抜くつもりなら、出てもいいかもな』

サラリとなんでもないことのように畑が提案してきた内容に、迅は別の意味で驚いた。

「え、引き抜く？」

『だってもう元の会社に戻したくないだろう？』

畑にまっすぐに問われて、迅はぐっと言葉に詰まる。

「けど、さすがにまた……」

元婚約者は会社の部下だった。アプローチは彼女からだったが、それでも彼女を恋人に選んだのは迅だ。公私混同はなるべくしないようにしていたつもりだったが、一緒にいることも多かったので内心面白くない部下もいたはずだ。

「は？」

そんな前例のある自分が、今度は自分の女を会社に入れたとしたら、さすがにどうかと思ってしまう。しかし、そんな迅の不安を、畑がスパンと切り捨てる。

『使えない女を雇い続けていたら言われるだろうが、椎名さん、仕事早いし、飲み込みも早い。それにリモートで使えるってのがいい。彼女には、ほぼリモートでやってもらおうと思ってるんだ』

迅の会社はネットワーク中心なので、試験的にリモートワークでの採用も視野には入れていた。そうすることによって、都内だけではなく全国から優れた人材を募集できるか試案段階に入っている。

そのテストタイプとしても、うふねを採用したいのだろう。だが、畑がそう提案してくれるのは、迅にとっての最善を考えてのことだとは分かっていた。

「俺はいつも二人に助けられているな」

思わずそうぼやくと、畑が鼻で笑う。

『お互い様だろ』

『やだ、畑やん、男前。俺、濡れそう』

『長山はいいかげん、下ネタから離れろ』

畑はぐっと長山の頭を押しのけたが、そんな二人のやりとりを見ながら、迅も思わず笑みを浮かべた。

「ほんと、お前ら最高」

感謝をそうして言葉で述べると、二人から相次いで言葉が返ってくる。

『任せてよ！　迅もあと一週間しかないんだから、しっかり椎名さん捕まえておきなよ』

『椎名さんにきちんと確認とっておけよ。もし逃げられたら社の損失になると思え』

胸が温かくなりながら、その日の三人のミーティングは終えた。

その午後、

「初めまして、出先から失礼します。社長の海崎《かいさき》迅です」

うふねの上司や黒沢たちに挨拶《あいさつ》した迅を、黒沢がどんな思いで見ていたかなんて、迅も、そして畑たちも知るよしもなかった。

けれど歯車は小さく軋《きし》み始めて、ギギギ、ギギギ、と静かに動き始めた瞬間でもあった。

＊監禁十九日目＊
【三十五度八分／脈拍七十／ラッキーアイテムはリンゴ】

うふねはいつも通りに業務を終えて、そのままフィットネスルームに行くことにした。生理もほぼ終わりそうなので、軽く身体を動かすことにしたのだ。

　家の中にずっといても運動不足にならないのは、やはりフィットネスルームがあるからだろう。毎日は無理だが、水曜日に迅は必ず行くようにしているようなので、うふねもなんとなくそれに倣《なら》っている。

「あれ、どこへ行くの？」

　休憩だろうか、書斎から出てきた迅がうふねの姿を見て尋ねてくる。

「ちょっと軽く歩こうかなって思いまして」

「そうなんだ。じゃあ、俺も行こうかな」

「お仕事、大丈夫ですか？」

　今週は残業だと言っていたので失礼ながら尋ねると、

「運動して息抜きしてからまたやるよ」

　と迅が答えた。

「動かさないと鈍《にぶ》ってくるし」

　それでも、うふねよりはずっとフィットネスルームに行っている時間は迅の方が長い。暇さえあれば細々と行っているような気がする。

（なるほど、だから腹筋割れてるんだなあ）

　迅の裸はサウナのときにしか見ていないのだが、あのときの彼の腹筋はドキリとするくらい綺麗《きれい》だった。筋肉の乗った身体というのはこんなに綺麗なんだなと、彼自身を咥《くわ》えつつもそんなことまで考えていたことを思い出す。

（そんなの考えちゃ駄目《だめ》だよね……）

頭の中がピンク色になりそうだったので、首を左右に振って煩悩《ぼんのう》を振り払う。

「それじゃあ着替えに行こうか」

そう言って迅が、うふねの肩を抱き寄せてきた。

最近、家の中でもどこか別の部屋に行くときは、そうやって迅がさりげなくうふねに触れてくることが増えた。本人はエスコートしているつもりなのだろうが、うふねの中では母親にくっついて回る子供みたいなイメージが過《よぎ》ってしまう。

思わずニヤけてしまったのが顔に出ていたのだろう。

「何？」

迅が不思議そうに尋ねてきた。

「いや、迅さん、意外にスキンシップが多いなって」

「あ、嫌だった？」

心配そうにパッと手を離されたので、すぐにうふねはその手を追って摑《つか》むと、頰ずりする。

硬い男の人の手だが、この手がとても優しいことを、うふねは自らの身体でもって知っている。

「ううん。嬉《うれ》しい」

　素直に感情を言葉に乗せると、分かりやすく迅が顔を赤らめた。

「うふねこそ、そういうの、どこで覚えてくるの？」

「え？」

「そういう、俺の手に頬ずりとか……分かってやってるだろ？」

　ピタッと今度はうふねが止まる番だった。歩くのもやめてしまったうふねに、迅が不思議そうに首をかしげる。

「うふね？」

「あ、その……」

　頬ずりしたことは認めるが、特に何かを狙ったつもりではなかったのだ。

　ただ、離れていく手が寂しくて、引き戻したそれが愛しくて、だから頬ずりした。

「誰かに教わったとかではなくて……好きな人と触れ合うの……すごく好き、なので……」

　しどろもどろになりながらそう答える。

　自分でも首まで赤いのは分かったが、それを抑えることはできそうにもない。

　迅に指摘されるまで、その行為が〝わざと〟だと相手にとられるだなんて思いもしなかった。というか、そもそも自分からそうやってすり寄っていくのは家族相手ぐらいなもので、今までの恋人たちにだって、そこまですることはなかった気がする。

いつかは自分から離れていく存在。

そう思っていたから、近寄れなかったのだ。

迅とてあと二週間にも満たない時間の相手のはずだから、いつものうふねだったらそんなことはしなかったはずだ。

だが、迅はそもそも出会いからして特殊で、そのうえ、うふねのことをどこまでも甘やかしてくれる。そして甘えてきてくれる。

その関係がうふねは心地よくて、だから、すり寄ってしまう。

迅が触れてくれることが嬉しいから、うふねも同じように彼に返すのだ。

そのことをうまく説明できなくて、迅の手から自分の手をパッと離した瞬間、ぐっと頭を引き寄せられた。ぽふっと彼の胸に抱き寄せられてしまう。

「迅さん？」

「俺も」

「え？」

「俺もうふねに触れれば触れるほど、うふねのこと好きになっていく」

上から降り注ぐ甘い声は少し掠《かす》れていて、彼もそういうことが恥ずかしいのだと分かった。

「あー、それでできたら、うふね、うちの会社に来てよ」

「え？」

見上げると、迅が少しだけ目尻を赤くさせてうふねに言う。

「畑に言われたんだ。うふねを引き抜けって。うふねの給料がいくらか分からないけど、そんなに差額なく雇えると思うから、俺の会社に来てよ」

思いがけないことを言われて、ポカンと口を開けてしまう。

「公私混同だって言われるのは十分承知してるけど、それ抜きにしてもうふねの技術は十分こっちでも通用すると判断した。それにもっと違う手法もどんどん使ってもらえたらと思っているんだ。ほら、俺たちの会社、まだできたばかりだから圧倒的に人材不足だし」

「それって……この部屋から、出た後のこと、ですか？」

思わずそう問いかけてしまうと、迅は気恥ずかしそうにしながらもはっきりと答える。

「さすがにすぐに来てもらうのはお互いの会社的にまずいとは思っているから、色々準備が必要だとは思うけど、そういうつもりでいてくれないか？」

(この人は、私たちの未来を何の躊躇《ためら》いもなく考えられるんだな……)

うふねにとって、未来はいつも叶《かな》わない夢でしかなかった。

誰かを好きで居続けることも、誰かに好きで居続けてもらうことも、自分の人生では成しがたい。

そう思って生きてきたから、迅の言葉に胸が痛くなる。

嬉しい。

でも、怖い。

信じたいのに、信じられない自分がいた。

「迅さっ……」

何か答えなければと思う前に、キスされていた。開いた口にすぐ迅の舌が入り込んでくる。この一週間で覚えさせられたその舌の動きは、いつも官能的で、そしていつでも甘い。

「んっ……」

鼻から抜ける声が甘くなる。

ぎゅっと迅の胸元を握りしめると、その手に迅の手が覆《おお》い被さってくる。自分の胸元でぐっとうふねの両手を、彼の片手一つで包み込んでくる。

「うふね、好きだ……」

はあ、と切なく息を吐《は》いて、迅がそう囁《ささや》いた。

「好きなんだ」

「迅さん……っ」

くちくちと互いの舌が絡まり合って、唾液が流れ込んでくる。うふねは必死でそれを飲み込んだ。

彼からもらう唾液も言葉も、何もかもが、うふねにとっては、なくてはならないもののように思えた。

「迅さん……まっ……ちょっと待って……」

顔を後ろにのけぞらせても、迅が更にキスをねだってくる。両手は彼が握り込んでいるので逃げられない。

「いいから、待って！」

なんとか口を逸《そ》らしてそう叫《さけ》ぶと、ぴたりと迅は止まってくれた。

「うふね？」

「も、もしかして、ここから出た後も私と付き合うつもりでいますか？」

「は？」

聞いた瞬間、ぐっと迅の眉間に皺《しわ》が寄った。

あ、聞き方を間違えたと思ったときは遅かった。

迅はぐっとうふねの肩に手を置くと、やけに低い声で問いかけてくる。

「うふねはここから出たら、俺と別れるつもりだったの？」

そのつもりだからあんな質問をしてしまったことが丸わかりの問いかけに、うふねは身体を強ばらせた。迅はその態度で更に確信したのだろう。

「そんな簡単な気持ちで、うふねと付き合うことにしたと思っているのか？」

先ほどまでの甘い雰囲気は微塵《みじん》もない。

ただ一つ分かることは、迅がうふねの無神経な問いかけに怒っているということだけだ。

「俺、君に一目惚れしたって言ったよね？」

「い、言われましたけど、あれはお酒を飲んでたし……」

「酒を飲んでいても、俺、本当のことしか言わないし、うふねだから抱きたいと思ってるんだけど」

迅の声はいつもよりずっと低くて不機嫌だ。

「ご、ごめんなさい」

「俺のこと、信じられない？」

「そんなことはないです！」

迅は十分信用できる人間だ。短い期間しか一緒にいないが、二十四時間ずっといるのだから、普段の所作などからも彼の人間性は見えてくる。そのどれもがうふねには好ましく思えた。

「じゃあ、なんで？」

今もまっすぐにうふねとの付き合いに対して質問をぶつけてくる迅を、うふねは眩《まぶ》しいと感じた。人との距離を簡単に縮められる彼が羨《うらや》ましいとも。

うふねは迅から顔を逸らすと、彼を見ないように目を伏せた。

「それは……」

「何？」

「……迅さんが悪いんじゃなくて……私が……」

(どうしよう？　言うべき？)

うふねには変な人が付きまとう。それは一人や二人ではない。

そしてそれは、同時に一緒にいる誰かにも影響を与えてしまう。

だから、迅と付き合ってもきっと迷惑をかける。

外のことを考えなくて済んだからこそ、今、迅とこうして楽しく一緒に暮らしていけるのだということを、どう説明すべきか迷っていると、迅がふうとため息を漏《も》らした。

ビクリとうふねの身体が震える。

呆《あき》れられたのだろうか。顔を上げるのが恐かった。

(ああ、今すぐ鍵を壊して出て行こうかな)

やはり一緒に暮らすことは無理だったのだと、早急に結論づけようとしたときだった。

「あー、もー、ごめんっ！」

いきなり迅がうふねに謝罪した。

「え？」

顔を上げると、迅がなんとも言えない表情でうふねを見下ろしていた。

へにょりと眉を下げながら、こちらを心配しているような、でも堪《こら》えきれず苛《いら》ついているような、複雑な表情がそこにはあった。

「俺たち、お互いのこと全然知らないもんな。うふねにも言えないことが今はあるかもしれない」

「迅さん」

「けど、これだけは確認させて？」

「はい……」

迅はうふねと目を合わせると、まるでその心を読み取ろうとするかのように静かに問いかける。

「うふねは俺のこと好き？」

「好きです」

間髪入れずに答えていた。好きなことは間違いない。ただ、それを続けていく自信がないだけだ。

「そっか、なら分かった」

迅はホッとした顔になると、ぎゅっとうふねを抱きしめてくる。

そしてうふねの耳元で囁く。

「何かあっても俺がなんとかするから」

「迅さん……」

「だから遠慮なく頼ってくれていい」

心がじんわりと温かくなる。迅の気持ちがとても嬉しい。

「で、俺の会社、来てくれる?」

迅が不安そうな顔でうふねを見てくる。

「少し……考えさせてください」

「うん、この一ヶ月が過ぎた後でいいから考えて」

ちゅっと額にキスをされて、この人は本当に優しいと思った。

今はまだ、迅とうふね、二人だけの閉じられた空間だ。だからこそ、何にも邪魔をされず、何も気にすることなく一緒にいられる。

だけど、外の世界はうふねに優しくないことを、自分が一番知っている。

(ああ、ここから出たくないなぁ……)

ずっと二人きり、この閉じられた世界にいられたらいいのに。

初めてうふねは、終わりが来ることを怖いと思ってしまった。

＊監禁二十日目＊
【三十五度八分/脈拍七十/ラッキーアイテムはリンゴ】

木曜日、今日は定例ミーティングの日だ。

『椎名さん、久しぶり～！』

ノートパソコンの画面越しに同僚と手を振り合う。皆、元気そうだ。

『仕事、順調だねぇ』

毎日、進捗を上司には報告しているし、クラウド上にデータは上げているので、上司も進み具合は把握しているのだろう。

「おかげさまでバッチリです」

『火曜日にさ、ステンスさんに行ってみたんだけど、結構でかいよね、あのオフィス』

「そうですねぇ」

うふねは行ったことがないが、一応出向扱いなので調子を合わせて頷《うなず》いておく。

『あと社長の海﨑さん、すげー若くてビックリしたわー。他のメンバーもみんな若くて、俺が最年長だったんだぜ？　泣けてくるわ』

上司は四十代なので、彼から見たら海﨑はまだまだ若手の年齢だろう。それで社長であることにとても驚いていた。

『しかも海﨑さん、イケメンだよね！　椎名さん、ステンスでずっと働きたくなってるんじゃないの？　駄目《だめ》だよ、椎名さん、うちの会社の大事な虎《とら》の子なんだから。他所《よそ》になんか行かないでね！』

まさか引き抜きの話が出ているとは言えなくて、うふねは「あははは」と乾いた笑いでいた。

ごまかすしかなかった。そのとき、画面の向こう側のメンバーを見て、ふと気づく。

「あれ……今日、黒沢さんはどうしたんですか？」

黒沢の顔だけない。端の方に陰気くさくいるのかと思ったのだが、彼だけが今日は欠けていた。

「ああ、休み。なんだかお母さんが調子悪いらしくて実家に帰ってる」

「そうですか……」

休みの理由が理由だけに、たとえそれが黒沢であっても心配になってくる。

「もし、休みが長くなるようであれば、黒沢さんの分、少し手伝いますけど」

『あ、そうしてくれると助かるかも。今回、黒沢くん、なんだか調子悪いみたいで少し遅れてるんだわ。回そうとしたFの5と6、椎名さんにお願いしても大丈夫かな？』

「はい、そこでしたら私もできます」

クラウドには全員の工程進捗が記載されているので、後で確認しようと思いながら、黒沢の仕事の一部を引き受ける。

その後は、つつがなく業務に関しての話は進み、今週の会議も無事に終わった。

「そういえば来週って、ちょっと仕事終わりにこっちに寄れる？」

最後に上司にそう尋ねられて、うふねは困惑する。来週はまだこの部屋から出られない。

「あー……ちょっと来週は難しいかもしれません。その……送別会とか突然声かけられるかもしれなくて……」

適当に嘘《うそ》をついてしまったが、上司は信じてくれたようで『無理しなくていいよ』と言ってくれる。

『電子承認でなくて手書き承認の書類があったんだけど、月末締め切りなんだよね』

「あー……それでしたら、郵送の方が確実かもしれません」

『分かった。今日中にステンスさん宛てに送っとくよ』

「すみません、お手数おかけします」

上司に礼を言い、ネットミーティングを落とした。

そのまま忘れないうちにクラウドを開いて、黒沢の作業実績を確認する。

「え……」

そこには、黒沢らしくなくかなり進行が遅れた内容が書かれており、上司からのフォローが再三指摘として入っていた。

（大丈夫かな……）

ギリギリ頑張れば間に合うだろうし、黒沢ならできるはずなのに、どうしてそこまで遅れているのか。

（私の仕事、もう少し進めておこうかな……）

終わらせたら黒沢のフォローに回ろうと、あんなことをされたのにそう思っている自分がいて、つくづく自分は甘いなあと思ってしまう。

それでも仕事が終わらなければ誰かが尻拭いをしなければならない。うふねも手一杯なら無理だったが、幸い、今は恵まれた環境にいるので余裕はある。

上司からもメールが行くだろうが、今日のミーティングで作業の再分配があったことと、他にも回せるものがあったら回してくれて大丈夫だと書いたメールを黒沢に送ると、パソコンを閉じた。

＊監禁二十一日目＊
【三十五度八分／脈拍七十／ラッキーアイテムはリンゴ】

「あれ、今日もリンゴ……？」

そろそろネタはなくなってきたのだろうと思ってはいたが、ここ三日、鍵が告げるラッキーアイテムが同じであること、また体温や脈拍も同じであることにうふねは気づいた。

「迅さん、鍵の調子がおかしいみたいなんですけど」

「え、何が？」

朝食の用意をしていた迅を呼んで、二人で鍵のところへ行く。

迅も指を入れると、

【三十五度八分／脈拍七十／ラッキーアイテムはリンゴ】

一言一句変わらずに、うふねと同じ言葉が表示された。

「あれ？　ほんとだ」

「これ、壊れちゃってますかね？」

「あー、ちょっと始業時間になったら長山に電話で確認してみる」

迅がそう言ったので、鍵の件は後回しになった。

うふねはいつもと同じように仕事をし、ちょうど昼食の時間になったので部屋から出ると、今日は迅の当番のはずなのに彼の姿が見えない。

「迅さん？」

「あー、マジか。そうか」

玄関の方から迅の声がする。そちらへと向かうと、電話をしながら迅が鍵を見ていた。

「あー、そうか。うん、分かった」

電話の相手はおそらく長山だろう。鍵をポンポンと軽く叩《たた》いた後、

「んじゃ、明日。了解」

迅は電話を切った。そしてうふねの方を見る。

「長山さんですか？」

「うん」

「鍵、どうだって仰《おっしゃ》ってました?」

「今日、ネットワーク上からソフトの方を見るらしい。もしそれで直らなかったら、明日、長山が来るから鍵は破壊してほしいって」

淡々と告げられた内容に、一瞬、何を言われたのか理解できなかった。

「はかい?」

「そう、金槌《かなづち》でガツンと壊してくれって」

「え? だって、それは……」

「よく見てみないと分からないらしいけど、不具合の原因がハード的なものだった場合、発火しても困るからね」

迅が頭を軽くかきながら「百五十万も使って何やってんだか、あいつは……」とぼやいたが、うふねにはそれどころではなかった。

鍵を壊す。

それは元々、ここを出るために最初にしようと思っていたことで。

ということは、あと一週間を待たずとも、外に出られるということで。

「あー……そうですかぁ」

他になんと言っていいのか分からない。

「まあ、ソフトが原因なら直せるかもしれないし。今日の定時頃にはきっと連絡あると思うから」

「……はい」

その後はいつもの通りに昼食を食べ、午後の仕事に取りかかった。

自社に連絡すると、黒沢は来ているようだったが、うふねのメールの返事はなかった。

黒沢からしたら面白くなかったのかもしれないし、もしくは休んだ分の仕事で忙しくて返事ができなかった可能性もあった。

それにうふねも部屋のことで頭がいっぱいで、黒沢からの連絡はそれほど気にしていなかった。

淡々と自分の作業をこなし、定時後に部屋を出ると、迅はリビングのソファに座っていた。

「あれ、迅さん。お仕事は……？」

確か今週はずっと残業だったはずだ。迅は「今日は定時で終わらせたよ」と言うと、続けて言う。

「ネットワークからつないでみたけど、うまくいかなかったらしくて、ハード内部の問題だろうから、明日、鍵を壊すことにしたよ」

あと一週間あると思ったのに。

まさかこんなにも早く、あっけなく、終わりの日が来るとは思わなかった。

＊＊＊

「ふざけんなよ、お前」

あからさまに不満を言葉にした迅に対し、長山は
『だってさあ』

と口を尖《とが》らせる。

『まあ、故障しているなら早めに壊した方がいい。何かあったとき、部屋から出られなくなっても困るしな』

そう言ったのは畑だ。

金曜の定時後、各自が家に着いたであろう時間に、迅は書斎からオンラインミーティングで畑と長山と話すことにした。家なので、長山も畑もラフな格好をしている。

『ところで、椎名さんは？』

「夕食の後、眠くなったからって風呂に入ってもう寝室行った」

『え、最後の日なのに？』

「まあ、今週はちょっと体調もよくなかったしな……」

鍵を明日壊すという話をしたときも、それほど困惑はしていなかった。

むしろ「そうですか」と随分あっさり言ったので、迅の方が拍子抜けした。

迅は二人の生活が終わってしまうことを少し残念に思っていたからだ。

しかも、来週はがっつりいちゃいちゃしようと思った矢先に、だ。

迅としては甚《はなは》だ面白くない。

「わざと鍵が壊れるように設定してないよな？」

『そんなことするわけないじゃん！　百五十万だよ！』

長山が半泣きでそう叫んだ。結局鍵の弁償は、長山が全て責任を持つことになったからだ。

今期の役員報酬から、かなり天引きされることになり涙目だが、そもそもそんな鍵を作った長山が悪いのだから仕方がない。

『椎名さんとHできる時間が減ったからって、俺に当たり散らさないでよぉ！』

「おまっ……！」

迅が何を不満に思っているのか長山は分かっていたらしく、あけすけにそんなことを言ってきた。

『事実じゃん。今週の迅のスケジュール見れば、どんだけ来週いちゃいちゃするつもりだったのかって笑っちゃったよ』

『別に鍵を壊しても一週間くらい、その部屋にいたらいいんじゃないか？　迅も新しい部屋、候補は絞ってもまだ内覧できてないだろう？　しばらくお前はそこに住むんだから、そのまま椎名さんも一緒に住めばいいだろう』

畑としては鍵がない方がただの同居になるから安心らしい。

「まあ、それはうふねにも提案したんだけど……」

鍵が壊れても一週間は一緒に暮らそうと提案したのに、うふねは首を横に振った。

『アパートのことも心配ですし、一度帰ります』

そう言われては、迅も何も言えなくなる。三週間もあけてしまえば確かに家のことは不安だろう。しかも何も準備をせずにこの部屋に閉じ込められてしまったのだから。

『あれ？　でも妹ちゃんに部屋のこと、頼んでたよね？』

身内に簡単な片付けは頼んでいたと聞いていたので、長山もそれを覚えていたのだろう。

「そうらしいけど、いきなりこの部屋に来たからな。自宅の様子が気になるのは仕方ない」

『まあ、それはそうだな』

『俺は気にならないけどなあ』

自分の部屋を振り返りながら長山が首をかしげるが、

『お前は気にした方がいい』

すかさず畑が突っ込んだ。長山の部屋は、かなり散らかっているからだ。

外では清潔感もあり、しっかりと仕事もこなすのだが、自宅のことは適当にしているらしく、今も長山の背後にはゴミ袋が二袋ほど溜まって端に寄せられているのが見える。

『畑やん、今度片付けに来てよー』

『お前の部屋、一日がかりだろうが！』

『ちぇー。俺も迅が帰ったらその部屋、住もうかなあ』

「それなんだけど、ここ家賃いくらなんだ？」

新居の目処はついていたのだが、この家はうふねとの思い出が思った以上にできてしまった。いささか離れるのも名残惜しくなっていた。

畑から正確な値段を聞くと、思わずため息が零《こぼ》れる。

「高くはないが安くもないな」

頑張れば住める。しかし、頑張ってまで住むには更に稼がなければならない。そんな金額に迅は少しだけ迷う。

いっそ、うふねと結婚して、このままここに住んでしまってもいいのではないかとさえ思ってしまう。そうすれば自分はもっと仕事にもやりがいを覚えて頑張れて――とそこまで考えて、ハッと我に返る。

「さすがに結婚とかまだ早いよなあ……」

思わず呟《つぶや》いた言葉は、耳ざとく二人が拾った。

長山は「わぁお」と呟いて、畑は「はぁ」とため息をつく。

『恋愛してすぐだから浮かれているんだろうが、浮かれすぎるなよ、迅』

こういうとき、きちんと釘を刺してくれるのは畑だ。

『明日、生うふねちゃんに会えるの、俺も楽しみにしてるよ！』

「馴《な》れ馴れしく名前で呼ぶな」

『ほんと、いい意味で椎名さんってお前のこと変えてくよなあ』

長山がケラケラと笑って言う。

『お前って仕事ばっかで、女がいてもそっちは後回しにすること多かったじゃん』

「う……」

元彼女のことを思い出してしまった。確かに彼女のときも自分は仕事ばかりしていた気がする。出張だからと、一週間連絡しないことはざらだった。

彼女はそんな迅を「仕事ができて素敵《すてき》」だと言ってはくれたが、果たしてそれが本当だったのかは今となっては分からない。

「俺ってそんなに酷《ひど》かったか……？」

思わず確認してしまうと、答えたのは畑の方だった。

『俺は会社でお前の婚約者だった女性が泣いていたのを見たことはある。慰《なぐさ》めていたのは件《くだん》の浮気相手の男だったが、そういう理由もあったのだろうな、とは思う』

その話は初めて聞いた。もしそのとき、その話を聞いていたら少しは違う未来もあっただろうかと一瞬考えたが、きっと聞いていても自分は彼女を大切にはしていなかった気がした。

そういうものだと安心して、色んなことを軽んじて。

だから傷つけたし、傷つけられたのだと、今更気がついた。

「あー……色々、すまん」

外で見ているだけしかできなかった二人には、色々と迷惑をかけたのだと今改めて実感して詫《わ》びる。

『彼女がお前にしたことは到底許せることじゃないだろうが、誰かにとっては悪人が、誰かにとっては善人なんてことは多々あるからな』

畑の訓告が耳に痛い。だが、今だからこそしっかりと受け入れられると思った。

「次は気をつける」

一ヶ月前は色んなことにやさぐれて、もう女なんていらないと思っていたのに、たった一ヶ月足らずでこんなにも気持ちが変わるなんて思いもしなかった。

「まあ、迅が婚約破棄の後でよかったよね！　もし、迅が婚約中に椎名さんと会っていたら、迅の方がろくでもない男になっていた可能性もあるもんね！」

「ぐっ」

さすがにそれはない、と強く断言できたらよかったのだが、今の自分のうふねへの執心具合を見ると、言い切れないところが辛《つら》い。

『そんなもしもの話をしていたって仕方ないだろう。たまたまお前も椎名さんも誰とも付き合ってなくて、たまたまそんな二人が一緒の部屋で暮らすことになったんだ。そういう縁だったんだよ』

畑が今度は助け船を出してくれた。

（縁、か……）

確かにそうなのかもしれない。

迅も婚約者がいたならこんなに早く恋に落ちることはなかっただろうし、鍵だって閉じ込められた当日に壊していたことだろう。

色んな偶然が重なって、それが全部自分たちにとって良い方向へと転じたことを感謝すればいい。そう思えた。

『ほんと畑やんっておいしいところ、全部持って行くよね！』

『俺は頼むからもう少しお前たちに、しっかりしてもらいたいけどな』

その後は他愛ない雑談をして、そのままミーティングを終わらせた。気づいたときは午前0時を過ぎていたので、うふねももう寝ていることだろう。

（明日、もう一度うふねに、もう少しこの部屋にいてほしいと頼んでみよう）

そう思いながら、迅はリビングのソファで心地よく眠りについた。

4.　あなたとふたり、閉じられた世界で

＊監禁二十二日目＊

「おはよう、うふね」

「おはようございます」

土曜日の朝はいつもと変わらない形で目が覚めた。迅《じん》が爽《さわ》やかな笑顔でうふねを出迎えてくれる。その笑顔を見ると、どうにも切ない気持ちが胸にこみ上げてくる。

(今日で最後……)

この先も迅は確かに考えていてくれる。けれど、うふねはそれを信じることができない。

『お前は一生、一人で生きていけ！』

まるで闇を切り裂くように、うふねに対して憎しみを持って放たれたその言葉が、何度も、何度も、うふねの中に消えない傷をつけていく。

迅とずっと一緒にいたいと思う気持ちはあるのに、ずっと一緒にいられる気がしないのだ。

（私、ずっと、一生、一人なのかな……？）

「どうしたの、うふね」

何も言わずに迅を見つめていたせいで、迅が不思議そうにこちらを見てくる。

うふねは慌てて笑顔を作り、

「今朝も格好いいから、見蕩《みと》れてしまいました」

と半分は本当のことを言う。迅は少しだけ頬を赤らめてから、話を逸《そ》らすように口を開く。

「長山《ながやま》が来て鍵を壊したら、外に一緒に買い物行かないか？」

早速外に出てからの話を持ちかけられて、うふねはやんわりと微笑《ほほえ》んだ。

「帰るの、明日じゃ駄目《だめ》かな？　仕事は週明けからだよね？」

昨日、一度家に帰りたいと言ったので、なんとか引き留めようとしている姿がいじらしくも思えた。

（こういうところ、本当にずるいよなぁ）

本人はまさか自分が可愛いと思われているなんて思ってもみないだろう。うふねだって自分より年上の成人男性を可愛いと思う日が来るなんて思わなかった。

迅はいつでもまっすぐうふねの心をくすぐる。

「一度、家に帰りたいなら、俺がうふねの家につきそうから、やっぱりあと一週間は少なくともいてほしい」

まっすぐにてらいもなく、もっと一緒にいたいと言われるのは嬉《うれ》しい。

嬉しいけれど、あの鍵が壊れた後も、これまでと同じようにいられる自信がない。

「いいですよ」

それなのに、うふねはじくじくと痛む心を隠して、迅に頷《うなず》いた。

「ありがとう、うふね！」

とても嬉しそうに満面の笑みを浮かべた迅が眩《まぶ》しい。

穏やかな朝食の後は、家の中を掃除して、洗濯をして、ゆったりとだけど確実に時計の針が進んでいく。

「迅、椎名《しいな》さん、こんにちはー！」

長山が来たのはお昼過ぎだった。コンシェルジュから連絡を受けて彼を部屋の前に招く。

「今日はよろしくねー！」

ドンドンと玄関扉を叩《たた》く音で、彼がすぐ外にいることが分かった。オンラインで何度か顔は合わせたが、こうして生の声を聞くのは初めてだったので少し緊張する。

「金槌《かなづち》、傘立てのところにあるからねー！」

長山の声に、「ああ、分かってる」と迅が答えて、傘立ての横にある頑丈《がんじょう》そうな金槌を手に持った。

（こんなところに金槌あったんだ）

迅は分かっていたようだが、うふねは毎日玄関まで来ていたのにちっとも気づいていなかった。無意識に見ないようにしていたのかもしれない。

「あー、やっぱり無線でつなげようと思ったけど、それも無理になってるやー。くそー、部品代ケチったからかなあ！」

ドアの向こう側《がわ》で、長山が最後のあがきを見せていたが、結局鍵は壊さないと無理という判断に至った。

「じゃあ、壊すぞ」

迅がなんてことない風に金槌を持つ。そして振り上げた瞬間、

「待って！」

うふねは叫《さけ》んでいた。迅の手を摑《つか》んで、その手が振り下ろされるのを止めていた。

「うふね……？」

「ん、どうしたの、迅？」

部屋の中のことが見えていない長山に対して、迅は大きく目を見開いて驚きもあらわにうふねを見下ろしている。

うふねは、小さく手を震わせながら、首を横に振った。

「お願い……もう一日だけ……もう一日だけでいいから、このまま……」

閉じられた世界にいたいのだという、うふねの歪《ゆが》んだ気持ちを、迅はきっと分からないだ

ろう。それでも、今日一日でいいから、このまま閉じられた世界にいたかった。

(だってここは、私と迅さんしかいない)

うふねを苦しめる外の世界はここにはない。

「迅、どうした?」

長山が外から問いかけてくる。

迅は振り上げればすぐに金槌を下ろせる状態のまま、固まっている。

しかし、次の瞬間、ぐっと腕に力が入ったので、パッとうふねは手を離した。

「ご、ごめんなさい。大丈夫です。なんかもう少し二人だけでいたかったから、思わず止めちゃいました」

小声でそう言って、それからヘラッと笑って見せる。冗談だと迅が思ってくれればいいと思った。

なのに、どうして——どうして、分かってしまうのか。

迅は手を下ろすと、扉の向こう側の長山に向かって言う。

「長山、この鍵壊すの、明日でもいいか?」

「え?」

「もう一日くらい、二人きりでいたいんだ」

「はあっ?」

呆《あき》れたような長山の声に、うふねが慌てて「壊しましょうよ！」と言ったが、迅は納得しなかった。

「そんなにすぐ発火するほど壊れてないだろう？」

「んー……確かに安全には気を遣って作ったけど」

「じゃあ、今日一日くらいいいよな？」

「んーーー……」

長山はしばらく呻《うめ》いた後、

「了解！」

と短く返事した。

「ただ、明日は俺、来られないから金槌で壊した鍵は、きちんと発火しないように隔離しといて。宅配ボックスに破損した鍵をしまう箱ぶちこんどくから」

「ありがとう」

「椎名さんも今日会えないの残念だけど、週明け、ぜひともうちの会社に遊びに来てね！」

「は、はい！」

長山は無駄足《むだあし》になったのに、それに対しては文句《もんく》一つ言わずに帰ってくれた。とても申し訳ない気持ちで一杯になってしまう。

「迅さん……」

長山が帰った後、恐る恐る迅の顔色を窺《うかが》う。

迅は「ごめんな」と言って、うふねの頭にポンッと手を置いた。

「なんで謝るんですか！　私のわがままなのに……！」

「うふね、一つ、聞いてもいい？」

迅が優しい瞳でうふねを見てくる。ドキリと胸が鼓動を強くした。

「もしかして」

「……」

「外に出ることが怖い？」

柔らかくて、温かい声だった。うふねを労る響きしかない声でそう問われ、ぶわりと目尻に涙が滲《にじ》むのを感じる。

つうっと涙が溢れて頬を伝うのを感じながら、観念したようにうふねはコクリと頷《うなず》いた。

「ずっと……」

「ん？」

「ずっと、心に引っかかっている言葉があるんです……」

誰にも言えなかった。言うわけにもいかなかった。

それはうふねの原罪のようなものだ。うふねが正統な被害者ではない唯一の証《あかし》のような、強い言葉を、うふねは思い出す。

「なに？」

迅が優しく尋ねてくる。

うふねはポロポロと涙をこぼしながら、迅に問いかける。

「聞いてもらえますか？」

嫌われるかもしれない。呆れられるかもしれない。

それでもうふねは閉じていた過去の記憶を呼び覚ます。誰にも言えなかった、自分が罪人だという証の記憶を。

＊＊＊

それが起こったのは、中学のときだった。

「中学二年生のとき、クラスで学級崩壊が起きちゃって……」

自分の母親ぐらいの年齢の女性教師に対し、一部の男子生徒が暴言を吐《は》き、授業さえもままならない状態になった。

うふねは、面と向かって彼らに何かを言うこともできず、それでも先生が可哀想で、放課後、なるべく他の人の目がない時間に先生に寄り添った。

「先生、ごめんね……私、何もできなくて」

「ううん、私こそごめんね、椎名さんに頼っちゃって」

先生はそう言ってうふねに謝った。

当時、うふねもしんどい思いをしていた時期だった。

近所の男性が、うふねが学校から帰るとき、いつも外で待っていたからだ。自宅の前でずっと待ち、うふねが横を通り過ぎると
「おかえり、うふねちゃん」

と言って家の中に入っていく。ただ、うふねと挨拶《あいさつ》をするためだけにそうやって立つ男性が酷《ひど》く気持ち悪くて、怖かった。

それとなく両親から近所の男性の親に言ってもらったのだが、挨拶をするだけだったので、それの何が悪いんだと逆に怒られてしまったし、警察に相談してもやはり「挨拶をするだけではどうしようもない」と答えられてしまった。

毎日、自分だけを待って立つ大人の男性は、中学生のうふねにとっては得体《えたい》のしれない恐ろしい存在でしかなかった。

学級崩壊で心身ともに疲れ切っていた女性教師。

近所の住人の奇行に悩んでいたうふね。

どちらも逃げ場所を求めていたのかもしれない。

我慢の限界が来たのは女性教師の方だった。

授業中、ありとあらゆる罵詈《ばり》雑言《ぞうごん》を男子生徒に浴びせられた先生は、教室を飛び出した。

気がつけばうふねも彼女の後を追って、教室を飛び出して追いかけていた。

授業中で人もまばらな職員室に向かった先生は、そのまま自分の手荷物をとると、驚いた他の先生の制止の声も聞かずに学校から飛び出した。

うふねは上靴のまま、彼女を追いかけた。

やがて先生が自分の車にたどり着くと、うふねは叫んでいた。

「先生、一緒に連れて行って！」

本当はそんなこと言わなければよかったのだ。先生は一人で逃げていたらきっとそんなに酷い事態にもならなかったはずだ。

けれど先生は、うふねも連れ出してしまった。

たったの一晩。されど一晩。

車の中で色んなことを話した。同じ女同士、他愛もないことを話して、笑って、泣いた。

他の人が関わらない互いしかいない自動車という閉じられた空間は、とても心地いいものだった。

しかしその結果、先生は生徒を連れ回したという理由で逮捕された。

うふねが勝手について行ったのに、その言い分は聞き入れられなくて、先生だけが悪者になってしまった。

「でも、あの時ほど幸せな時間はなかったんです……」

ポツポツと自分の体験を語る。ソファに座って、迅の肩に頭を預けてぼんやりと話すうふねの言葉を、ただ静かに迅は受け止めていた。

「先生といた一晩は、変な人に話しかけられて怖くなることも、勝手に私を誰かが決めつけることもなくて、本当に楽しくて……」

週刊誌などは先生を異常者扱いして面白おかしくかき立てた。うふねのことを少しも知らない人たちが、「あの子は人を誑《たぶら》かす」とさも知ったかのような口をきいてきた。

「警察についたとき、私の親もいたんですけど、先生にも家族がいました。私と同じくらいの男の子がいて、彼は私を見て叫んでました」

『どうしてお母さんについて行ったんだ！　どうしてお母さんを誑かしたんだ！　逃げるなら一人で逃げろよ！　一人で死ねよ！』

まっすぐに激しく向けられる憎悪は、うふねをただひたすら貫いた。

『お前は一生、一人で生きていけ！』

呪いの言葉のようだった。いや、彼にとっては呪いだったのだろう。自分の母親が自分と年の近い子供と逃避行なんて、許せるはずがなかったのだろう。

結局、大半の罪を先生が被ることになった。

その後、うふねは私立中学に転校し、先生は教師を辞めて離婚し、実家へ帰ったと聞いた。

その当時のことは、妹は警察に来ていなかったので知らない。両親は見ていたが、なるべく触れないようにしてくれた。

「それからは流されるままに生きてきました。誰かに好きだと言われたら付き合って、別れて。どうせ、私なんか、ずっと一生一人なんだって思っていたから」

まだ頑張れる。

もう頑張りたくない。

迷いながら生きてきた十年だった。

「東京《とうきょう》に出て、それでもやっぱり変な人は私の周りにいて……リモートワークにならざるを得なくて」

誰とも関わらない日々はとても気楽だったけど、同時に酷く寂しかった。誰かとつながっていたいけど、自分には誰もいなくて。

何度もあの晩を思い出す。

先生と二人きり。自動車の中で一生懸命話したことを。

何度も懐かしく思う。

あのときが一番楽しかったと。

「だから、今、また同じように閉じられた空間に、誰かと一緒にいられることが、本当に幸せで――」

閉じられた場所でしか幸せになれない。

そう思ってしまったのだ。

そう感じてしまったのだ、うふねは。

「うふね……」

迅が、自分が傷ついたみたいに悲しそうに眉をひそめた。

「迅さん……私ここから出たくない。ずっと迅さんと二人でここにいたいよぉ……」

両目を手で隠して、うふねは子供のように泣きじゃくる。いや、中学生のあのときに戻ってしまったのかもしれない。

きっともう、こんなことは自分の人生に二度と起きないと知っていたから、この時間を一日でも長く、うふねは感じていたかったのだ。

＊監禁二十三日目＊

結局、一日延ばしてもらったにもかかわらず、迅とはただ一緒にくっついているだけだった。朝から晩まで、ずっと手をつないでいた気がする。さすがにトイレやお風呂は別だったが、それ以外の時間はほぼ一緒にいた。

寝るときも迅の寝室で手をつないで寝た。

今までずっと一緒にいた時間の中で、一番、密度が濃い時間だった気がする。

そして今日、迅はまた玄関の前に立ち、金槌を手にしていた。

さすがにうふねも、迅を止めるようなことはしない。

(昨日の私は、ちょっとどこか壊れていたんだと思う……)

子供のように駄々《だだ》をこねてしまったが、ずっと一緒に部屋の中にいるなんてことは不可能だ。

迅に『閉じられた空間』の幸せの話をしたこともよかったのかもしれない。

今日は思った以上に気持ちが落ち着いていたので、冷静に迅の姿を見ることができた。

「じゃあ、壊すね」

迅は一度確認をとる。うふねはこくんと小さく頷いた。

ガッシャン。

ドアガードを固定するようについていたハート型の鍵は、迅が軽く金槌を振り落としただけで簡単にロックの部分が外れた。

確かに何かあったとき、壊れやすいように作ったのだとよく分かる瞬間だった。

「あっけないもんだな」

迅は苦笑しながら鍵を取り外すと、それを長山が置いていった耐火性の箱の中にしまい込む。そして確認するようにドア本来の鍵を開けていく。

カチャリ。

ドアノブに手をかけて、ゆっくりとドアを押す。

（あ――……）

三週間ぶりの外だった。

と言っても、そこは内廊下なので実際にはまだ外と直接つながっているわけではない。

それでも、もう自分たちだけしかいなかった場所はなくなってしまったのだと、強く実感した。

「さて、と」

ドアがきちんと開くことを確認した迅は、ゆっくりとドアを閉めた。

そしてまた鍵をかけ、ドアガードをしっかりと倒した。

「これでこの部屋には誰も入ってこられないよ」

迅は振り向いて、ニッコリとうふねに対して笑った。

「鍵が壊れたって、またこうやっていくらでも誰も入らない部屋は作れるよ」

淡々と、だけど優しい声で、そう言ってくれる。

「うふね、外に出たい？」

鍵のかかった部屋の扉の前で、迅はそう尋ねてきた。うふねの気持ちは昨日話していたから、本当のことは知っているくせに随分意地悪な質問だと思った。

黙っていると、迅はうふねに近づいて、それからぎゅっと抱きしめてくる。息苦しくない、ふわっと優しい抱きしめ方だ。

「だけど、俺がうふねをこの部屋に閉じ込めたから、出られない」

「え？」

「誰の邪魔も入らない部屋で、うふねをいっぱい甘やかしてあげる」

「でも……」

鍵を壊したら、うふねは自分の家に一度帰ると迅に言ったはずだ。

困惑しながら迅を見上げる。

「昨日、一晩考えたんだ。うふねにとってその先生との一晩がとても幸せだって言ったけど、俺との三週間だって同じくらい幸せだったんだろう？　その先生にできなくて、俺にはできることがある」

「迅さん？」

「うふねが望むだけ、ずっと二人だけでいられる場所を俺は作ってあげるよ。誰にも邪魔《じゃま》なんかさせやしない。うふねが一生一人で生きていく必要なんてない。俺がどんな不可能だって可能にする」

力強く迅が断言する。どこからそんな自信が出てくるのか分からない。

「そんなの無理ですよ」

「なんで？　三週間もここにいて、それでも何の不便もなかっただろう？」

確かにその通りだった。

三週間、一歩も出なくても何一つ不便はなかった。外部から食料などの配達は不可欠ではあったが、部屋から出なくても健康に楽しく生きていけてしまった。

「ここでずっと、一緒にいてもいい。俺にはそれだけの稼ぎも力もある」

上からうっそりと笑う迅の顔は酷く美しくて、そして影があった。

ドキリとする。その顔は、うふねに執着する誰かの顔とよく似ていたからだ。

しかし、決定的に違うことが一つあった。

（この人は、私の、好きな人だ）

そろそろと迅の背に手を回し、自分からきゅっとしがみついた。

「お願い……私をずっとここに閉じ込めてください」

震える声でそう言うと、迅はうふねの額にキスをしながら、

「かしこまりました、お姫様」

と言った。

＊監禁二十四日目＊

『お前、怖いよ！』

開口一番、長山がそう叫んだ。

土日の顛末を一応簡単に迅が報告したからだ。

先週と何ら変わらない、書斎からのオンラインミーティングだ。

鍵を壊したことを長山に報告し、その上で迅はこの部屋に籠《こ》もることに決めた。

今は会社の名義になっているが、来月もしくは再来月からは速《すみ》やかに自分の名義に変更するつもりだ。幸い貯金はあるのでしばらくはなんとかなるはずだ。

『え、何？　椎名さんのことをずっと監禁するつもりなの？』

「うふねがそれを望んでるからね」

うふねから聞いた話は、なかなか迅には衝撃的だった。

中学二年生のときの話も長山から聞いていた話とは全然違っていたし、うふね自身のトラウマは迅が思った以上に根深くしんどいものだった。

『本来ならカウンセリングとか受けた方がよさそうだな、それ』

畑《はたけ》も想像以上にヘビーな内容に、重くため息を吐《つ》く。しかし口にする言葉はうふねのこれからへの心配で、彼は迅がすることを否定はしないでいてくれた。

「まあ、追々《おいおい》考えればいいよ。別に今でなくいい」

今はうふねが、外の世界全部から守られていると感じてもらえたら、それでいいと思えた。

「俺、自分が社長でよかったたって今、心底思っているし、長山があのくだらない企画を考えてくれたことも心から感謝している」

『うわあ、好きな子監禁しますって宣言しているいい笑顔の友人からお礼言われるってどうなの、それえええええええ！』

長山は半泣きだ。こういうヤンデレ系は彼の苦手とするところなのだろう。

迅自身もちょっと病《や》んでいる気は薄々自覚しているが、それでも決めたのだ。

好きな女の子のためにできることが今あるのだから、それをしようと思う。

『だが、お前がその部屋にいるのは一週間が限度だぞ。それを過ぎたらなるべく会社にも来てもらわないと困る』

「そうだね、それは分かってるし、うふねにもその話はした。うふねの方もやっぱり一度は自宅の方に帰りたいらしいから、今週末にでも一緒に行って、部屋の解約手続きはしてくるよ」

『そのとき、もし彼女のストーカーとやらが出てきたらどうするんだ？』

「一日だけSPでも雇うかなあ」

『あ、ネットの方はちょっと面白いのが出てきたよ』

長山がニヒヒと笑って情報を提供する。

『SNSでうふねちゃんのことを、さりげなく探し回っているの。複数アカウントで』

長山がこの前とは別のSNSプラットホームのアカウントを出してくる。

迅が確認すると、真っ先に出てきたのは不気味な名前をしたアカウントだった。

【妹を探しています★拡散希望】

わざわざ自分の名前欄にそう書いている。しかも、プロフィールに固定されているコメントには、【○月×日に私の妹が行方不明になりました。警察は捜してくれません。誰か助けてください】と書かれており、うふねの目元が隠されたアップの写真と、迅のタワーマンションの写真が貼られていた。

「なんだ、これは……」

『うふねちゃんの消息が不明だから、かなり必死に探しているみたいだよ～』

「こんなことSNSで載せていいのか？」

『消息を求めるアカウントは意外に多いぞ。ただ、それが本当に正しい内容かは分からないが』

畑がそれとなく説明してくれたが、迅には思いもしなかったことなので唖然《あぜん》としてしまう。

『今、俺のダミーアカウント使って、それで接触してみたんだよね。もしかしたら自分の会社に来ている子かもしれません～みたいな感じで』

「ダミー？」

『そ、ＯＬナカコちゃんってアカウントで女の子を装《よそお》ってる』

「こわ」

『会社のマーケティングには使ってないから安心して～』

「そういう問題なのか？」

そもそもわざわざ女性を装う必要があるのかと思ったら、長山が理由を教えてくれる。

『気に入った投稿に☆をつけるんだけど、女の子向けの情報集めたいときに男だと分かるアカウントだと警戒されるときもあるから、女の子アカウント作っているんだよ』

「ああ、なるほど……」

ＳＮＳも色々大変なんだなと感心する。

『で、アプローチした後にナカコちゃんのブログに誘導して、来訪者のＩＰアドレスから相手のサーバーまで特定しました』

「それ、犯罪は犯してないよな？」

念のために確認すると、長山は手を振って笑う。

『自サーバーなら、来訪者のＩＰアドレスは普通に見られるよ』

長山はそういうところはしっかりしているので大丈夫だろう。

『そしたらさあ、相手、どこのサーバーから来ていたと思う？』

「どこだ？」

『うふねちゃんの勤め先～』

「それは……」

迅は絶句してしまう。代わりに畑が、迅が思っていたことを代弁する。

『椎名さんの会社の中に、椎名さんのストーカーがいるんだろうな……』

「絶対、うちの会社に来てもらう」

断固として元の職場にうふねを戻すつもりはなくなった。そんなところにうふねを置いておくことさえ嫌だと思う。

『ははははは。言うと思った～』

長山は笑っているが、迅は全然笑えなかった。うふねを悩ませている存在が同じ会社の中にいたことがおぞましい。

「誰かまでは特定できないのか？」

『さすがに個人の特定は難しいねぇ……』

「そうか」

『けど、なんとなく目星はつきそうだよね』

長山が苦笑する。迅も思い当たる人物がいたので頷く。

「とりあえず、できるところまで調べてほしい」

何かしら尻尾を摑めるのならそうしたい。

『了解〜。三週間、モニタリングしてもらえたから、おかげで新しい企画も結構参考になったし、その分のご恩は返すよ〜』

ぐっと長山が親指を突きつけてきたので、迅はハッと鍵のことを思い出す。

「あのくだらない鍵のデータでも役に立ったのか？」

『実体験した二人分のデータだしね。役に立つよ〜。心拍数とか測定時間とかすごく助かった。これをベースにコンテンツ作りに反映できるし』

「ちなみに個人情報とかは漏《も》れないよな？」

『漏れるわけないって。あくまでどういう風に部屋を設定すればいいかっていう目安だし。でも実際にリアルで住んでみないと、バーチャルにリアルを落とし込むのって難しいじゃん』

「長山にしてはなかなか考えているんだな」

畑が感心したように言った。迅も深く同意する。

『あれ？　褒《ほ》められているはずなのに、そんな気がしない？』

「百五十万の価値があったかは分からんが」

『あれは雛形《ひながた》だからその値段なの！　そこから大量生産するなり、システム減らせば安価版も作れるでしょ？　パソコンの横にバーチャル空間に参加認証する鍵っていうのも面白そうじゃない？』

「なるほど」

長山も色々と考えているようだった。確かにバーチャルだけでなく実際に小道具があるとよりリアリティは増す。それはそれで面白そうだと思った。

『椎名さんが落ち着いたらさ、恋人を鬼から守るために部屋に匿《かくま》うゲームとかも作ってみたいなあ』

「長山、不謹慎が過ぎる」

少し褒めるとすぐ図に乗るのだから困るが、面白そうだと思ったのは心の内《うち》にしまう。さすがに現在進行形で苦しんでいるうふねを、利用するようなことは絶対にしない。

『そういえば、明日と明後日は年休とるんだな？』

「そうだな」

畑が確認してきたので頷く。

『何か必要なものあるか？　差し入れるぞ』

畑の気遣いが嬉しかったので、迅は「ありがとう」と言った後、満面の笑みで言う。

「実はまだ避妊具が届いてない」

『お前ら、本当に大馬鹿野郎だな!!!』

スピーカーの音が割れるほど大きな声で畑が叫んでいた。

複数形に巻き込まれた長山が『なんで俺も!?』と泣いていたが、日頃の行いだろう。

＊監禁二十五日目＊

仕事を休みたいと先週から言っていたので、火曜日の年休はすんなりとれた。仕事もほぼ片付いた。

黒沢からの連絡はないが彼の手伝いの分も終わらせてあるので、最後のまとめぐらいは自分でやってくれるだろう。

「うふね、用意できた？」

「はい、大丈夫です」

迅にデートをしようと言われた。

可愛い服などなかったはずなのに、迅がいつの間にかネットで頼んでくれていたらしい。ちょっとお高めのブランドワンピースに身を包み、リビングで彼と手をつなぐ。

「今日はどこから行く？」

迅がくすくす笑いながら聞いてくる。うふねは迷う振りをしながら、

「フィットネスルームでお散歩からですかね？」

と答えた。

「ワンピースで？」

「歩くだけなら大丈夫だと思います」

「そっか、なら行こうか」

家の中を二人で散策する。この一ヶ月近く、ずっと暮らしてきた部屋だ。行ってない部屋はないので、散策したところですぐ回りきってしまうが、それでもデートと言われたらなんだか違う気持ちにもなる。

「そういえば最初のとき、うふねは〝タートル〟で電気を消したよね」

最初にスマートスピーカーを使ったときの失敗談を言われて、恥ずかしくなる。

「あれはテレビでそういうCMがあったから……」

「窓のない部屋なのに、とんでもないことする子だなって思った」

「ううう……」

「Ｈｉ、タートル。デートで聴く音楽を流して」

迅がそうスマートスピーカーに話しかけると、タートルは自分でデート音楽をセレクトする。うふねも知っている恋の歌が流れてくる。

「これ、人気ですよね」

「そうなの？　初めて聞くなあ」

迅は全く聴かない曲のせいか、ピンとこないらしかった。

二人でぐるっとフィットネスルームの中を回って、ランニングマシンで交互に歩いた。

「いつかはジムと提携しても面白いかもなあ」

仕事の話をしているときの迅は本当に楽しそうだ。自分で会社を立ち上げるくらいなのだから、よほどその仕事が好きなのだろう。

一時間ほど、まったりと話しながら歩いてフィットネスルームを出る。

「次はオーディオルームに行こうか」

「はい」

「そういえばここで映画見たよね」

「そうですね」

（途中から映画どころじゃなくなったけど……）

迅があんなにお酒に弱いとは思いもしなかった。

二人でソファに座り、スクリーンを起動する。定額制のアプリには色んな番組が入っていて、最新作ではないものの映画もたくさんある。

「今日も何か見る？」

「お酒はなしですよ？」

まだお昼にもなってないのでそう言うと、ぐっと迅が言葉に詰まった。

「うふね以外とは、なるべく飲まないようにする」

「そうしてください」

迅が他の女の子にもべったりしたら、きっとうふねは面白くない。

「うふねはここで飲もうね。うふねが飲みたいお酒、全部揃《そろ》えてあげる」

迅がうふねの腰に手を回しながらそう言った。彼の中では外で飲ませる気は全くないらしい。

（本当に私を、この部屋の中に閉じ込めるつもりなんだ……）

そのことに頬が緩んで、自然と笑みが浮かんでしまう自分も大概《たいがい》だと思う。それでも嬉しくてコテンと迅の肩に頭を寄せると、くしゃりと髪を撫《な》でてくれた。

選んだ映画は少し前に人気のあったラブコメディで、気を遣わないで観ることができた。

「今日の昼はケータリング頼んだんだよね」

長山特製の鍵はもうついてないから、ケータリングの受け渡しも可能だ。

「俺が呼ぶまで、うふねは絶対にここから出ないでね」

オーディオルームにうふねを残すと、迅はリビングへと出て行った。そのまましばらくするとチャイムが鳴って、うふねはドキリとする。

（大丈夫かな……）

もしケータリングでなかったらどうしようかと思ったが、迅の話し声から料理を持ってきたのは、一階のコンシェルジュのようだった。

徹底して見知らぬ他人との接触機会を迅は減らしてくれているようで、その心遣いをありがたく思う。

（私、守られてるなあ……）

いつかは必ず外に出なくてはならないし、今週末には借りていた部屋の解約の準備にも行かなければならない。すでに不動産会社には連絡済みなので、あとは解約書類を郵送してもらうだけだ。

大家とも一度は話すべきかもしれないが、うふねがいないときに勝手に家の中に入っていたとさはりに聞いていたので、自分から連絡するのはよそうと思った。

「お待たせ、準備できたよ」

それほど時間も待たずに迅が呼びに来てくれた。

「わあ……！」

テーブルには綺麗に盛り付けられたコース料理が並んでいる。食器類はこの部屋のものなので、盛り付けは迅がしたのだろう。野菜の皿にはソースで空きスペースに綺麗《きれい》な模様が描かれている。

「迅さん、本当にこういうの上手ですよね」

「そう？　ありがとう。でも俺、盛り付けしただけだからね」

「それが難しいんですよ！」

「そうかな」

「私、親戚の子とレストランに行ったとき、ホットケーキにたぬえもんを描いてって頼まれて描いたら、宇宙人になって泣かれたことあります」

子供のアニメのキャラクターなのでそんなに難しくはないと思ったのだが、酷く下手《へた》くそになってしまい、ごまかすためにチョコペンでぐりぐり目を塗りつぶしたら宇宙人のような怖いものができてしまった。

「ははは。じゃあ、今度そういうときがあったら、俺がうふねの代わりに描いてあげるよ」

「ありがとうございます」

一緒にファミリーレストランに行くことなんてあるのだろうか。想像できないが、行けたらいいなと思えた。

「ちなみに今日のパン、すごくふわふわだから、もう普通の食パン、食べられなくなるかもしれない」

「えええええ」

「でも俺がうふねに食べさせるのは、美味しいパンだけだから別にいいよね」

ニッコリと迅が笑いかけてきた。

「迅さんって、こうと決めると全力で来ますよね……」

予想外の猛攻に、ことごとくノックアウトされている気がする。何をしても甘ったるいシロップをかけられている。

「今日はうふねを甘やかすって決めたからね」

「今日だけですか？」

「もちろん、これからずっと」

「迅さん、さすがにそれは恥ずかしい」

耐えられなくなって顔を手で押さえて隠した。迅は嬉しそうに笑ってから立ち上がって、うふねの席の横にくる。

「可愛い顔、見せて」

「もう〜、勘弁してください」

「ごめんね、恥ずかしくても絶対にやめてあげない」

優しく手をとられて、ゆっくりと顔から手を外される。迅がとても愛おしそうにうふねを見ていた。

ぐっと腹の奥から切なくなるような愛しさがこみ上げてくる。

「キスしていい？」

「ご飯、食べる前だからいいですよ」

「ご飯の味がしても、きっと美味しいと思うけど」

そう言いながら迅はちゅっと軽くうふねと唇を合わせる。離して目を合わせる。

互いに微笑《ほほえ》んで、それから今度はもっと深くキスをした。ゆっくりと唇を開いて、お互いの舌先を触れ合わせると、それだけで背筋がぴりぴりとした。

（ああ、私、きっと首から顔まで全部赤い）

見なくても分かった。

案の定、唇を離した迅は、顔を真っ赤にして自分を見上げるうふねを見て、

「失敗した。ご飯よりうふねを食べたい」

とぼやいた。それでも忍耐を重ねてくれたらしく、名残惜しそうにうふねの頬を撫でてから、迅は自分の席に着いた。

ケータリングの料理は、どれもとても美味しかった。

午後は食休めにリビングで少しだけテレビを見た。

ニュースを随分見ていなかった気がしたが、それほど変わったことはないらしく、芸能人

の結婚話が取り上げられていた。どうやら世間は平和らしい。

それから、二人でフィッティングルームに行って靴を履いてみた。各々が履いてきた靴と運動靴、その他に迅は何故か本物のガラスの靴を用意していて、さすがにそれはベタすぎて笑ってしまった。

ガラスの靴は冷たくて、割れたらと思うと怖くて、全然履いた気がしなかった。

そして部屋を見て回ると、

「そろそろデートはおしまいかな？」

と迅が言った。

「まだ、行ってない場所、ありますよ？」

「あれ、そうだっけ？」

指折り数えながら迅は朝からの行動を確認している。うふねはそんな迅を見ながらポツリと言う。

「今日はサウナ、入らないんですか？」

ぴたりと分かりやすく迅が固まった。

「ま、まだ四時だし、風呂に入るには早いんじゃないかな？」

「あ、お風呂も入ってなかったですね！」

そういえば迅とお風呂も入っていなかったことを思い出す。そんな機会もなかったし、お互いに一緒に入ってしまうと、箍《たが》が外れると分かっていたのだろう。

迅は「あー……」と間延びした声を上げて、それから下を見て、チラリと目線をこちらに向けた。少しだけ顔が赤い。

「夕飯食べてないけど、入る？」

（可愛いなあ）

頬が緩みそうになるのを堪えながら、うふねは答える。

「はい、入りたいです。もっと迅さんのこと、知りたいです」

迅は分かりやすく真っ赤になった。

＊＊＊

「湯船張ったから、先、入っていいよ」

迅にそう言われて、うふねが浴室に先に向かうと、湯船は泡で一杯になっていた。

「わあ、泡風呂だぁ！」

花のような甘く柔らかい香りが浴室に広がっている。いそいそと身体を洗うと、うふねは湯船に入った。温度はちょうどよくてそれだけで楽しい。

「もう、湯船浸かった？」

脱衣所から迅の確認する声が聞こえて、「大丈夫ですよ」と言うと、迅がタオルを手に入ってきた。

「あ、あんま見ないで」

股間をタオルで隠しているので、うふねも目を逸《そ》らす。

（あれ、ヒロインかな？）

こういう風に恥じらいながら、彼氏とお風呂に入る女の子の漫画を読んだことはある。思わず笑いそうになるのを必死に堪《こら》えた。

迅はわしゃわしゃと乱暴に頭と身体を洗うと、「入るよ」と言ってバシャンと湯船に入ってきた。浴室の端に座るうふねに背を向けて。

「どうして背中向けてるんですか？」

「向き合ったら、ちょっと我慢できそうにないから」

迅の首筋が赤い。その首にそっと指をたどらせると、ぴくりと迅の身体が強ばった。

「泡で見えませんよ？」

「そうだけど！」

「我慢、必要ですか？」

後ろから迅の首に手を回し、その背中にのしかかるように抱きつくと、迅が「ぐっ」と変な声を上げた。

（こういうとき、後ろから抱きつくのって男の人の気がするんだけどなあ）

それでも楽しくて止められない。

自分より大きくて広い背中は、くっついているだけで安心感があった。

「すごい、迅さん、背中にも筋肉が綺麗についてるんですね」

肩甲骨のあたりをすっとなぞると、迅が息を呑《の》んだ。

「ああ、もうっ！」

迅がくるりとこちらを向くと、そのまま貪るようにうふねにキスをしてきた。

うふねが逃げないようにその頭をしっかりと片手で引き寄せて、開いた唇に強引に舌をねじ込んでくる。

「んっ……」

迅の舌が熱い。熱を送りこむように唾液を流し込まれて、飲み込めずに口の端からこぼすと、それを彼の舌が追いかける。

はふはふと荒い息の合間に、舌が唇、顎、首筋へと移動して、そこでぴたりと止まった。

「苦ぇ……」

どうやら泡を食べてしまったらしい。しかめっ面《つら》になった迅にくすくすと笑ってしまう。

「そんなところまで舐《な》めるから」

「俺、舐めるときは首だけじゃすまないから」

ギラギラとした目で射貫かれ、一瞬、呼吸をするのを忘れてしまった。

迅は、少年のような純情さを見せていたはずなのに、スイッチが切り替わるみたいに簡単に大人の男の人になってしまう。くるくる変わる万華鏡のような人だなと思った。

「よし、あがろう」

「え、もう?」

迅が入って二分も経っていない気がする。それなのに彼はすっとうふねの足裏に手を回すと、そのままうふねを抱きかかえて勢いよくバスタブから立ち上がった。

「ま、待って! 滑っちゃいますよ」

「いい、大丈夫!」

全然大丈夫じゃないのに力強く断言して、迅は湯船から出ると、うふねを自分の前に立たせた。そして、シャワーのコックに手を伸ばしひねる。

温いシャワーがうふねの泡を落としていく。迅の手が優しくうふねの身体に触れて、泡を落としていく。いや、シャワーで落ちてはいるのでその泡が流れていく後を確かめるようになぞるだけだ。

「ふっ……」

うなじに触れていた右手が、するすると背中を滑り落ちていく。腰のカーブまで下りるとぐっとそこを押されて、うふねは胸を突き出すような形になる。すると空いた方の左手で迅は左の乳房をぐいっと持ち上げた。

迅がおもむろに口を開けて舌を伸ばす。そしてその先端にちゅうっとわざとらしく音を立てて口づけた。

「あ」

舌先でくるりと乳頭を舐めた後、甘噛《が》みしながら吸う。一つ一つの動作は決して乱暴ではない。とても丁寧《ていねい》で、そして優しい。なのに、いやらしい。

くちゅくちゅと口の中で転がされると、ぷくりと乳頭が膨らんでくる。迅にはそれが嬉しいらしく、更に丁寧に吸ってくる。チリッと胸の先がムズムズした。

「ま、待って……」

迅の頭に手を触れて彼の動きを止めようとすると、不機嫌そうに見上げられた。

「先に誘ったのはうふねだ」

「そ、そうなんだけど……力っ……入んなくなっちゃう」

「いいよ、支えるから」

実際、うふねの腰から尻に下りていた迅の右手が、その柔肉をぐわっと摑《つか》み込んでいた。

このまま座り込もうとしても、その腕の力一本で支えられそうな勢いだ。

「俺の泡も落として」

シャワーを渡されて、うふねは胸を唇で愛撫されながら、迅の背中を湯で流す。

湯より熱い背中に手を回すと、そのタイミングで乳首をカリッと噛まれて、「ひゃんっ」と変な声が出た。

「も……無理」

「早い。煽《あお》ったのはうふねなんだから、もっと頑張って」

迅はひたすらちゅっ、ちゅっとうふねの胸を吸っている。左の乳頭が立ち上がったら、今度は右の方も咥《くわ》えて口の中で転がす。

浴室の中でうふねの甘ったるい声だけが震えて響く。

「迅さん……あ、泡、もう落ちたから……んっ！」

そろそろ本当に辛くなってそう言うと、迅は「だぁめ」とそれを甘く否定した。

「ここ、よく洗ってない」

そう言って胸を持ち上げていた迅の左手が腹をなぞりながら、うふねの下腹部に滑り落ちる。ぐっと割り入るように襞の奥に指を突っ込まれて、「あっ！」と甲高い声が上がってしまう。

「すごい濡《ぬ》れてる。たまんない」

迅がハアッと吐息をうふねの耳に吹き込んだ。ぐちゅぐちゅと今度はシャワーではない水音が下の方から聞こえ始める。

「シャワー、ほらここにもあてて」

「む、無理っ……！」

お互いの身体を湯が伝うが、迅の手の先では水よりも粘着質な液体が、二人の間に溢れていた。

「ひんっ……ふぇっ……」

指が膣の中に入ってきて、うふねの中をかき混ぜる。内側の腹の方をさすって「ここ？」と勝手に確認した迅が、トントントンとリズミカルにそこを押してくる。

「何？　やっ……」

「うふね、可愛い」

迅が嬉しそうに言って、うふねの中に更に指を押し込む。じゅぷりとまた卑猥《ひわい》な水音が響いた。

「んっ……もうっ……！」

じゅぷじゅぷと、聴いている方が恥ずかしくなりそうな水音が蜜源から聞こえてくる。

「俺の指、ふやけちゃいそう」

迅が心底うっとりしながら、うふねの耳元でそう囁《ささや》いてくるので、うふねはたまらなくなってしがみつくしかない。

シャワーは力が抜けて放り投げてしまった。足下で噴水のようにシャワーの湯が上を向いて流れていたが、そんなの構っていられなかった。

「や、だめ……だめぇ……」

「大丈夫。気持ちよさそう」

迅はくすりと笑った後、

「ほら、クリもすごく硬くなっている」

卑猥な言葉でうふねを煽《あお》りながら、膣孔の外に出ていた親指でクリトリスを強く刺激した。

「ああっ！」

ぎゅうっと迅の手を股の間に強く挟み込むと、ドッと身体の力が抜けてしまう。

「ん、上手にイけたね」

イッたうふねを満足げに迅は確認すると、指をわざとらしくゆっくり引き抜いてシャワーを止めた。そのままうふねをまた抱きかかえて浴室を出る。

用意していたバスタオルでうふねの身体を拭《ふ》くと、自分も同じタオルでおざなりに拭いて、またうふねを抱きかかえた。

「どこ行くの？」

まだ身体もよく拭けていないのに、髪に水滴を残したままに迅はリビングを通り抜ける。

その先にあるのは迅の寝室だ。生理も終わったので迅が今週は寝室を使っているのだが、お姫様抱っこで中に入った瞬間、大きく目を見開いてしまった。

綺麗にベッドメイクされていたシーツの上に、花びらでハートが描いてあった。

「ちょっと待って！　これ、誰がやったの⁉」

くたりと疲れていたはずなのに思わずそう叫んでいた。

迅は心外そうに、

「俺しかいないじゃん」

と断言する。

（え、待って。ここでHするつもり満々だったってこと⁉）

うふねが気づかないところで何をしているのだろうと思ったが、さすがにそれを今言うほどムードクラッシャーでもない。

それでも意外すぎて、くすくすと小さな笑いは堪《こら》えきれなかった。

「うふねとの初めてだよ？」

「いや、そうなんですけど」

「だったら褒《ほ》めてよ」

分かりやすくふてくされた迅の首にしがみつきながら、うふねは彼の首筋で甘く囁く。

「大好き」

本当に好きだと思った。

「俺も」

迅は満足したらしく、ベッドにうふねを横たえると、そのまま自分ものしかかってキスをしてくる。

　のしかかってきたので彼の裸体をはからずとも全部確認してしまったが、言うまでもなく迅もしっかりと勃起していた。

「まだ挿入《い》れないから」

　迅はそう言うと、うふねの体中にキスと舌での愛撫を始めた。

　最初は乳房、次は脇腹、次第に下がっていく迅の顔に、うふねは身体を震わせる。

　臍《へそ》の周りにうっすらと赤い花を散らせた後、迅はうふねの方を見て、ニヤリと笑った。

「ねぇ、舐めていい？」

「どこを……？」

「ここ」

　迅が臍から下に指をつーっと下ろしていく。

「あっ……」

　薄い茂みをかき分けて、脱衣所できちんと拭いたはずなのに、またぐっしょりと濡れている蜜源に指が入り込む。

「ぐしょぐしょだ」

「あぅ……」

　恥ずかしさで思わず目を逸《そ》らしたが、迅は嬉しそうにそこを刺激してくる。

「クリ、さっきより膨らんでいる？　これ、飴みたいに舐めたい」

「そ、そんなこと、いちいち言わないでください。あと、飴って……」

積極的な迅が無性にいやらしく思えた。

恥ずかしくなって、顔を隠すように腕で口元を隠すと、迅が言う。

「じゃあ、舐めるね」

「え、まっ――」

ぐっ、とうふねの足を開くと迅はすばやくその間に身体を入れて、両手で襞をかき拓《ひら》く。うふねさえしっかりと見たことのない場所を迅は見つめると、躊躇《ためら》いなく唇を寄せた。

「あぁっ？」

ビクンっと身体が跳ねた。クリトリスを肉厚な舌が舐め始める。溢れてくる蜜をすするように唇が動く。いつの間にか膣孔に指が差し込まれて、クリトリスと同時に愛撫される。

「ふあ？　やっ……あぁっ……」

「このまもう一回、イこうか？」

舌先でつつくような刺激だったものが、本当に飴を舐めているかのようにペロペロと舐められる。最初はゆっくりだったそれは段々と強く激しくなっていく。

じんじんと身体の中心が熱くなってくる。

「ひぃん……やぁ……あぁっ……」

背中を反らしたくとも、足の間に迅がいて、固定されてしまって動けない。上にずるずると逃げても迅の舌は執拗《しつよう》に、刺激に慣れていない花芽を苛《さいな》む。

シーツまでしたたり落ちるほどしとどに濡れているのは、うふねの愛液のせいなのか、それとも迅の唾液のせいなのか。

ただ、ただ、気持ちがよくて。吐《は》く息の代わりにあえぎ声が口から零れていく。

「もう……だめ、だめぇ！」

ガクガクと足が震えていく。過ぎた刺激に今は何もされていないのに乳首までピンッと尖ってしまい、身体全部がビリビリとしていた。

「イッちゃう、イッちゃうから！」

力の入らなくなった手で迅の頭をポンポンと叩くが、迅はそのまま一度だけ唇を離すと、笑った。こんなときだというのに、くすっ、と声まで上げて。

「そっか。じゃあ、最後はいっぱい吸ってあげるね」

(全然、通じてない！)

うふねの抵抗もむなしく、迅はもう一度、指で自分が舐めていた箇所を丁寧《ていねい》に広げる。

執拗にクリトリスを愛撫していた舌を引っ込めて、そのままぷっくりと腫《は》れたそれをぱくりと咥《くわ》えて吸った。

「あーーーー！」

馬鹿みたいに大きな声が出てしまった。一瞬の強烈な刺激で、一気に思考が焼き切れた。

力の入らなくなった足をだらしなく開いたまま、うふねは放心する。酸素が全く足らなかった。

「うふね、可愛いなあ」

口元を拭《ぬぐ》った後、迅はベッドサイドの上からゴムを取り出す。パッケージを破る音や装着する音が聞こえた。

「いっぱい、しようね」

満面の笑みで、とても嬉しそうに言われた瞬間、何故かゾクリとした。

ぐっと足を開かれて、膣孔に迅のペニスが押しつけられる。

これはヤバイ気がする――と思ったときは、遅かった。

「ひやぁっ！」

ずぬるっ、とうふねの中に異物が入り込んでくる。

しかし、二度もイかされたうふねの身体は、すんなりと迅を受け入れる。

ぬちぬちと、卑猥な音を立てて、迅が入ってくる。圧迫感が凄《すさ》まじい。

「あ、ああ……」

声が勝手に上がって、その衝撃から逃げようとする。

だが、迅の手はうふねの腰を押さえつけて、うふねを逃さない。

「あー……すごいぬかるんでる。気持ちいいよ、うふね」

迅はずっとご機嫌だ。また嬉しそうに笑う。

ふっ、ふっ、と短く息を切りながら迅は呼吸を繰り返すが、そこにうふねのような息も絶え絶えの様子はない。

ぐんっと最後に勢いよく奥まで腰を打ち付けると、そのままそこで迅は一度止まった。

それから何かを確かめるように、コンコンと先端でうふねの中をノックしている。

「子宮、下がってきてる。嬉しい」

どうやら迅が突いているのは、うふねの子宮口らしかった。それが身体のどの辺にあるのか、うふねには自分の身体なのに分からなかった。

けれど、大きくて熱い迅自身が、うふねの身体の中心に埋まっていることは、たとえようもなく気持ちがよかった。

ぐっと迅自身が入っている場所を腹の外側からも手で押された。確認するようにそこを何度もぐにぐにと圧迫されると、変な気分になってくる。

「や、あん、ふぇっ……」

泣いているのか感じているのか分からない声が口から零れる。

「うふね、ドロドロ。中でも感じられる？」

「わ、わかんなっ……あんっ」

ずるっと引き抜かれると、身体の中が途端に寂しくなる。

「可愛いなあ。うふねの中、俺に絡みついてくる。すごいうねうね、きゅうきゅうしてる」

「い、言わないで……！」

恥ずかしくなってそう言ったが、迅は笑うばかりでやめてはくれなかった。

「ほら、うふねの中が俺の形になるようにしっかり覚えて」

嬉しそうに迅はそう言うと、うふねの足を更に大きく広げて、ガンガンッと強めの律動を開始した。

「あ、あ、あっ」

「すげー、締まる」

嬉しそうに迅は言うが、うふねは自分で自分の身体をコントロールできない。目の奥で星がチカチカと瞬《また》いている。

（こ、こんなに激しいなんて、聞いてない！）

よくよく考えれば、迅の前は三人ほどしか経験してないが、どれも流されるようなセックスしかしていなかった。確かにそれなりの気持ちよさはあったが、こんなに星がずっと瞬《また》くようなセックスは初めてだった。

心底惚《ほ》れた相手とのセックスが、こんなに激しくて、獣《けもの》じみて衝動的だなんて、思いもしなかった。

「ほら、ぎゅってしよ？」

迅が、自分の肩にうふねの手を誘導するので、震えながらしがみつく。

すると、密着度が上がって、お互いの身体が重なる。しっとりと汗ばんだ肌が心地よい。

ぺたりとくっつき合う胸と胸。互いの心音まで感じられる。余裕があるように見えた迅だが、その心音はトトトトと、やはりうふねと同じように早かった。

「うふね、めちゃくちゃ、気持ち、いい！」

「うん、うんっ、私もっ！」

ぱちゃぱちゅぱちゅ、と迅の律動に合わせて、うふねの中から愛液が泡立ちながら溢れてくる。体中で気持ちよくなっていた。

「中だけでイけそう？」

耳元でそう囁かれて、強く何度も頷く。

「うん、いいこ」

そっと頭を撫でられて、きゅんっとした。

すると迅が眉間に皺《しわ》を寄せて、一瞬、動きを止める。しかし、一度息を吐くと、うふねを直近で見つめてから宣言する。

「ごめん、少し早くする」

ぐんっと律動が更に早くなった。

身体を揺さぶられるリズムが、先ほどよりずっと速くなり、小刻みに揺さぶられる。

ハアハアと吐く息の音が荒い。嬌声さえも最後には「くうくう」と小さくなる。

息が、続かなくなりそうだ。

（も、だ、め……！）

ぐっと迅の背中にしがみついた手に力を入れた瞬間、

「くっ……」

「んぁっ！」

頭の中が真っ白になった。迅のペニスがうふねの中でビクビクと跳ねる。腰の動きが一度止まり、「ふう……」と彼が吐息を漏《も》らした。

ずるりと身体の中から迅が出て行く。竿の根元を抑えて引き抜くと、手際よく迅はそれを縛ってゴミ箱に放り投げ、それからまたサイドテーブルに手を伸ばした。

「え？」

思わず小さな声が漏れた。

「どうしたの、うふね？」

（え、嘘《うそ》でしょ）

「あ、ごめんね、早かったよね。久しぶりだったから我慢できなくて。でも安心して、一回じゃ終わらないから」

（一回じゃ……？）

嫌な予感がして、くたくたの身体を必死に動かし、サイドテーブルを確認したうふねは、声なき声を上げた。

（な、な、なんで二箱あるの？）

「今度はバック？　いいよ、いっぱいしようね」

「あんっ」

早速新しいゴムを装着した迅は、うふねの背中に覆《おお》い被さる。ずぷっとぬかるんだ場所は簡単に迅を受け入れたが、次の瞬間、容赦なく身体の中を揺さぶられた。

弾《はず》むような尻に打ち付けられる音が卑猥《ひわい》だとか、段々自分の声が大きくなってしまうとか、色々気づいたことはあったけど、それさえも全部砂になってサラサラと消えてしまいそうなほど愛された。

「待って、うふね、逃げちゃ駄目だよ」

「無理！　ほんと無理！」

必死に逃げようとする身体を背後からしっかり押さえつけられて、彼の愛を嫌というほど思い知らされた。

「ひんっ、そんなとこ、触らないで、またイく。イッちゃっ……！」

「うん、いっぱいイこうね。いっぱいしようね！」

「あん、あん、あんっ！」

犬みたいに啼《な》いた。

その晩、うふねは色んな意味で空にも昇る体験をした。

＊監禁二十六日目＊

翌日、生まれて初めて身体が動かないという経験をした。

年休を二日申請していてよかったと本当に思った。

「ごめんね、ちょっと箍が外れちゃったよ」

迅の顔はとてもつやつやしていた。デレッと脂下《やにさ》がった顔は、あまりにも嬉しそうだ。

原因の一端を自分が担《にな》っていると分かっていても直視しづらいものがあった。

端的に言って、こちらが恥ずかしいぐらい迅が浮かれている。

「ちょっと……？」

どこがちょっとだと内心思う。ゴムを何個使ったのか、うふねには分からない。ただ、ひたすら貪《むさぼ》られた、食べられたという実感しかない。

「何が少女漫画系男子ですかっ！」

ベッドの上にご飯を持ってきた迅に、思わずそう抗議すると、迅は小首をかしげて不思議そうな顔でうふねを見た。

「俺、そんなこと言ってないけど」

「うん、知ってた！　長山さんですよね、そう言ったのは！」

「長山が一昨日、ゴム届けてくれたんだよね。ちょっと多いかと思ったけど、そんなことなかったね！」

満面の笑みで看病をしてくれるが、全然嬉しくないし、そういうのが筒抜けなのもどうかと思ったが、怒る気力も出てこない。

「週末、うふねの部屋の持ってこられるものは、こっちに持ってこようね」

喜々としてこれからのことを語る迅に、うふねは一瞬固まった。

本当に大丈夫かと心配になったのだ。

迅はうふねの髪を耳にかけてあげながら言う。

「大丈夫、うふねは必ず俺が守るから」

力強い迅の言葉に少し泣きそうになったが、ぐっと堪《こら》えた。

「午後は昼寝するといいよ」

「その前に、少し書斎でメールの確認だけしてきます」

「そう？　抱きかかえていく？」

「いや、もう、大丈夫です！」

筋肉痛で身体のあちこちが痛いが動けないほどではないので、迅が昼食の片付けをしている間に書斎へと向かう。

休みなのにメールチェックをしてしまうのは、黒沢《くろさわ》からの返事がないことも気になっていたからだ。そろそろ進捗が本当にまずいはず。

(明日、リカバリーできるといいけど)

パソコンを起動してメールを確認する。黒沢の名前を確認してホッとする。

だが、メールを見た瞬間、うふねはサアッと血の気を引いた。

【ステンスの社長と同棲してるのか？】

題名のないメールの本文に、それしか書いてない。けれど、それだけでうふねの動揺を誘うには十分すぎる言葉だった。

(なんで？　なんでバレた？)

気がついたら電話をかけていた。

『はい、もしもし』

黒沢が電話にすんなりと出た。周りでガヤガヤと音がする。彼が会社にいるのだと分かった。電話を持ちながら移動する音が背後で聞こえる。キィッとどこかの扉を開けて中に入った音。会議室に入ったのかもしれない。

しんっ、と急に電話の向こうが静まりかえった。

「黒沢、メール、見たんだけど……」

うふねがそう切り出した。黒沢はふっと鼻で笑う。

『ねえ、椎名《しいな》。ステンスに行ったけど、お前、一日も出社してないんだってね？』

ゾクリとした。黒沢の声が淡々としているからだろうか。抑揚《よくよう》のない声に、彼が何を考えているのか分からない。

『ステンスの社長に助けられた後、お前、どこに隠れたの？　ずっと家にも帰ってないし、どこにもいないじゃん』

まるで、うふねがどこにも外出していないと分かっているような口ぶりに、違和感を覚える。どうしてそこまで黒沢がうふねのことを知っているのか分からない。

『レンタルスペース借りたって言ってたけど、お前の後ろの部屋のドア、ある人の書斎のドアと同じだったね。その人も自社なのに、わざわざオンラインで会議に参加しててさ』

（ああ、それで気づいたんだ）

背後を振り返り書斎のドアを見てしまう。遠目にも高級そうなドアは、この家の中ではどこも同じ型で統一されている。寝室のドアもその他の部屋のドアもみな同じだ。ドアノブが少し特徴的なのもまずかったのだろう。

迅の書斎とうふねの書斎も当然同じ型式の扉だ。そのことにすぐに黒沢が気づいたことが恐ろしく思えた。

『お前、山島《やましま》さんに襲われて逃げた後、ずっと同じマンションにいるんだろう。そこ、ステンスの海崎《かいさき》って社長も住んでるマンションらしいもんな』

はっきりとそう黒沢は断言した。

『本当にお前って、昔っから変なところで運がいいよね。色んな人間たらしこんで、踏みつけて。高校のときも、なんだかんだ言って男と付き合い始めたよな。斉藤《さいとう》だっけ？　お前の初めての男』

「黒沢……？」

彼とはこの会社で初めて会った同期なのに、何故うふねの初めて付き合った男性の名前を知っているのか。

自分は何を間違えた？　何を思い違いしていたのか？

黒沢との過去を振り返るが、彼はうふねの気の置けない同期の一人で、お互いに切磋琢磨《せっさたくま》しながらこの二年間、一緒に働いてきたはずだった。

それなのに、突然、山島に襲わせようとして、この同期は様子がどんどん変わっていってしまった。

トクン、とやけに大きく心臓が跳ねる。

警告音が脳内で鳴り響く。

一番、触れてほしくない場所。一番、ずっと傷ついている場所に、近づいている気がした。

『お前に安寧《あんねい》なんて許さない』

黒い泥の中から、聞こえてくるような声だった。

『安全なところなんてお前になんかない』

断言するその声の裏に、黒沢の、うふねに対する激しい憎しみを感じた。

そして次の瞬間、うふねを傷つけ続けた言葉を、黒沢が言う。

『だってお前は、一生一人で生きていかないと駄目《だめ》だろう、椎名うふね』

ひゅっと喉が鳴って、黒沢が誰なのか、誰だったのか、うふねはこのとき初めて気がついた。

＊監禁二十七日目＊

黒沢という名字は、離婚した母の名字だ。

静かに心を病《や》ませていった母が起こした騒動に、同じ教師だった父親は簡単に母を捨てた。母は父を選んでいいと言ったが、黒沢は母の旧姓になることを選び、父を捨てた。

母が離婚する原因になった少女は、隣市に住んでいた。

知らなければ一生関係ないまま生きていたかった相手。どうして母は自分と同い年の赤の他人のその少女と逃げたのか。

分からないままに残酷に時は過ぎる。

教師を辞めた母は、ひとり親ながら淡々と黒沢を育ててくれたが、時折疲れたように遠くを眺《なが》めるのが、どうしようもなく黒沢を切なくさせた。

椎名うふねという少女は、そんな母のことを忘れたみたいに普通に高校生になっていた。

呪いたいほど憎かった相手のことを、黒沢は遠くから淡々と調べていた。

どこにでもいるはずなのに、どこにもいない女の子。

知ると無性に気になってしまう。

椎名うふねという少女は、黒沢にとって憎くて、そして同時にどうしようもなく気になって仕方がない少女だった。

話しかけることなんて一度もしなかった。それでも彼女のことは気がついたらなんだって知っていた。

初体験の日まで知ってしまったのはただの偶然ではあったが、吐《は》きそうなほどはらわたが煮えくり返った。母は再婚もせずに一人で生きているのに、どうして椎名うふねだけが幸せになるんだと思った。

許さない。許せない。

嫌がらせのように椎名うふねに関わる男は遠ざけた。

彼女のことをずっと見ていた。

大学こそ同じではなかったが、近くの大学にしたし、彼女の志望する会社は、自分も全部受けた。同じ会社に入社したのも偶然ではない。黒沢が導いた必然だ。

椎名うふねは幸せになってはいけない。ずっと一生一人で生きていけばいい。

けれど、自分の側《そば》から離すこともできなかった。同期の関係は思った以上にむず痒《がゆ》く、そして……楽しかったのだ。

相反する矛盾が黒沢の中に常に渦巻《うずま》いていた。

しかし、ある日を境にパタリと彼女の消息が分からなくなってしまった。

黒沢が山島の家に、うふねをお遣いに行かせた日、山島に強姦される彼女を想像しただけで喜びと絶望が交互に自分の中で渦巻いた。

不幸なうふねを見たかった。

なのに、笑っているうふねも見たかった。

だが、黒沢に届いた山島からの連絡は思いがけないものだった。

第三者が介入して、うふねを自分のものにできなかったと言われたのだ。

そのことに少しだけ黒沢は安堵したが、同時に嫌な予感を覚える。

彼女の足跡を追おうとしたが、マンションのその出来事以降、パタリとうふねの動向が分からなくなってしまったのだ。

どうして。何故。

そんなことは初めてだった。

人間というのは、あんなにも簡単に痕跡を消してしまえるのかと、ゾッとした。

彼女は自分の家にさえ戻らない。

それなのに仕事にはきちんとリモートワークで参加して、それが一層黒沢の不安を煽った。

どこにいる。誰といる。

いてもたってもいられなくなる。

注意深く彼女の出向先を調べて、ようやくたどり着いたのは、海崎迅という男の部屋に、どうやらうふねがいるらしいという事実だった。

もう母と同じように一人で生きてほしいのか、それとも誰のものにもなってほしくないのか、あまりにも長く関わりすぎて分からなくなっていた。

ただ一つ、自分の中にあったものは、椎名うふねは一人で生きていけ、という祈りのような呪いのような、そんな願いだけだった――。

車の中で静かに相手を待つ。

目の前のマンションから、明け方四時という時間帯にもかかわらず、誰かがエントランスに下りてくるのが見えた。

ゾクゾクとした。

停車している車を確認しただろう女性は、こちらに向かって歩いてくる。酷く青白い顔なのは、気のせいではないはずだ。

「やあ、椎名」

黒沢が窓を開けてそう呼びかけると、うふねは黒沢を睨《にら》みつけて言う。

「海崎さんには何もしないで」

本当にこの女は単純だと思う。

海崎とやらの醜聞《しゅうぶん》をばらまいて、彼に危害を加えてやろうかと、そう言っただけで、簡単に部屋から出てきた。

きっと、彼女の生きてきた人生が、そうさせたのだと分かる。

だって彼女は交際した男性が、ことごとくストーカーの執着で逃げてしまったのだから。

(まあ、そのどれも、俺がしたことだけどな)

心の底から笑いそうになる。楽しくて仕方なくなる。

「乗れよ」

助手席に促すと、うふねは躊躇《ためら》いつつもドアに手をかけた。

「いくぞ」

「どこに……?」

エンジンをかけて発車する。

あれだけ探しても見つからなかったのに、外に出させてしまえば簡単に手の中に入ってしまう。

その単純さが、愚《おろ》かさが、嬉しい。

(ああ、母さんもこんな気持ちだったのだろうか)

母親はうふねと一晩、どんな話をしたのか。黒沢は何一つ知らない。

けれど、隣にうふねがいることが、たまらなく楽しかった。

長い、とてつもなく長い一日は、こうして始まった。

＊　＊　＊

「今日は別々に寝たいです」

うふねがあまりに可愛くそう言うので、危うくまたベッドに引きずり込みたくなる衝動を、昨晩堪えたのを迅は覚えていた。

最後まで一緒に寝ようと言ったのだが、うふねが意外なほど頑《かたく》なだったので、迅は渋々自室のベッドで眠った。うふねはリビングのソファだ。

翌朝、目が覚めたとき、リビングに入ってすぐに違和感に気づいた。

恐ろしいほど部屋の空気が冷えていたからだ。

これではうふねが寒いだろうと思いながらソファを見たが、そこにうふねはいなかった。

「うふね……？」

トイレだろうかと思ったが、部屋の中が静かすぎる。

「うふね、いるなら返事をしてくれ！」

部屋の中、いっぱいに響く声でそう叫んだが、うふねからの返事はない。

浴室を確認した。フィットネスルームも、オーディオルームも、書斎も、全部確認した。

しかし、そのどこにも彼女はいなくて、最後に玄関に向かって、愕然《がくぜん》とした。

鍵が開いていた。

開けっぱなしでも確かに一階にコンシェルジュもいるので大丈夫だが、それでもそれはあり得ないはずのことだった。

(なんで？　俺が何かしたか？)

そう考えたが、思い当たることはなかった。昨日の夜は、眠る直前まで彼女は迅にくっついていたし、迅だって片時も彼女を離したくなかった。

すぐにうふねのスマホに電話をかけたが、通話音が鳴り響くばかりで、彼女がそれに出る様子はなかった。コンシェルジュに連絡すると、しっかりと明け方の四時に外出するうふねのことを覚えていた。

「どなたかの車に乗って外出されました」

そう聞いたとき、全く思い当たることがなくて、混乱しかなかった。

「まさか俺、捨てられたのか？」

馬鹿な考えだと思ったが、そうされないとも言い切れない。

混乱しながら長山と畑にグループ通話で連絡する。

『どうした、朝から』

畑はしっかりと起きていたらしくすぐに電話に出てくれたが、長山はまだ寝ていたらしく、『ふははひふ』と訳の分からないことを言っている。

だが今はそんなことに構っている余裕もなくて、

「うふねがいなくなった」

とすぐに言った。

「明け方に部屋から出て行って、誰かの車に乗っていったらしい」

『え、何したの、迅』

「何もしてない！」

そんな兆候、何一つなかった。混乱しかない。

『迅、落ち着け。何か様子がおかしいとかなかったのか？』

「いや、何も……」

『彼女は会社のパソコン、昨日いじっていたか？』

畑が冷静にうふねの動向を探る。

「メールの確認をするって言ってた」

『彼女のパソコン、開けるか？』

「ああ」

セッティングするときに、ログインIDとパスワードのメモをうふねは持っていた。自分の会社に問い合わせたのだと言っていたメモがあれば、彼女のパソコンを開くことは可能だ。

書斎の引き出しの中に、うふねはしっかりそれを保管していた。

迅はそれを借りてパソコンを起動させ、メールソフトを開くと、一番新しいメールは黒沢のものだった。

そしてそこには、迅との同棲を問い詰める文章がたった一文、書いてあった。

どうしてバレたのかと思ったが、それ以上にそんなことを問い詰める筋合い自体、黒沢にはないはずだ。

「黒沢だ……きっとアイツがうふねに……！」

やはり引き離しておけばよかったと思った。

そもそもうふねを危険に晒《さら》したのもあの男なのだ。徹底的に潰しておけばよかったと今更ながらに臍《ほぞ》を噛《か》む。

まだ八時にもなってないのでうふねの会社に連絡しても、黒沢のことは確認できないだろうし、彼が今日、出社するとは思えなかった。

「くそっ！」

うふねをどこに連れ去ったのか、どうしてうふねはついて行ったのか。

何もかも分からなくて、腹立たしかった。

『迅、落ち着け。始業時間になったらすぐ電話するから』

『んじゃ、俺は車出して迅を迎えに行くわ～』

長山が随分間の抜けた声でそう言った。

『長山、こんなときになんだ、その余裕』

さすがに目に余ったのか、畑が呆《あき》れた声を上げると、長山はニヒっと何故か軽く笑った。

『さはりちゃんと連絡先交換してて、今、連絡ついた』

知らない名前が出てきた。

「さはり……？」

「そ。椎名さんのアパート、確認しに行ったんだよね、俺。どんだけストーカーとかいるのかなあって。外からでも盗聴器とか確認できるじゃん？　そのとき、彼女の部屋から妹のさはりちゃんが出てきたから、話しかけて連絡先、交換したんだよ」

迅さえ知らなかったうふねの妹の名前と連絡先を、長山が手に入れていたことに驚いてしまう。

『最初は半信半疑だったけど、椎名さんと迅とオンラインミーティングしたときのスクショ撮っておいたから、それ見せたら信じてくれたんだよね』

「お前は何を勝手に撮って……」

呆れはしたが今はその手際のよさが幸運を引き当てた。

『で、椎名さんってスマホに追跡アプリを入れてるらしいんだよね』

「！」

『万が一を考えて家族に分かるようにしていたみたい。さすがだよね、伊達《だて》に長く変なのに絡まれてないっていうか』

「それって……」

『さはりちゃんに連絡したら、すぐに現在地教えてくれたよ。I県だって』

「I県……？」

『椎名さんの地元だよね』

「……！」

黒沢は確か、うふねと隣接した市の出身だったことを思い出す。

決して近くはないが、急げば間に合う距離にまだ彼女はいた。

『なので俺が運転手するわ。途中でさはりちゃんも拾って向かいますか』

「ありがとう」

『おうよ、任せろ！』

『なら俺は椎名さんの会社に連絡して、その後、会社のことは俺がやっておく』

畑もすぐに対応してくれる。

「すまない、助かる」

『向かってるから、ロビーまで降りといて』

「了解」

電話を切って迅はすぐに身支度を調えると、ドアの前に立つ。

早朝、電気もつけないで、彼女はどんな気持ちでこの部屋の扉を開けたのか。

あれほど外に出るのを嫌がったのに、どうして黒沢なんかに誘われて部屋を出てしまったのか。

「ほんと、帰ってきたら当分外に出さないからな」

必ず、絶対に連れ戻す。

そう決意して、迅は一ヶ月ぶりにその部屋から外に出た。

＊＊＊

黒沢の運転でI県に連れて行かれた。

まさかこんな形で地元に帰ってくるとは思わなかった。

明け方に三時間ほど道の駅で仮眠した。黒沢は隈《くま》の酷い顔で目を閉じていた。

こうして見ると、悲しいくらいに先生に似ているのに、うふねは全く気づくことがなかった。名字が違ったことも大きいだろうし、中学のとき、一度だけ会ったときはまだ少年だったのだ。青年の黒沢にその面影はもうない。

（私、どうなるんだろう……）

こんなところに連れてこられて、何をされるのか分からない。とても怖いと思ったが、同時にとてもしんどかった。

孤独であることをうふねに強いた先生の息子が、黒沢だった。

黒沢という名字は先生の旧姓だったのだと、運転中の黒沢から教えてもらったが、それで初めて先生が離婚していたことを知った。

自分の親さえも、なるべくあの件については触れようとしなかったので、うふねは先生のことを一切調べようとはしなかった。

先生自身も、「私たちは連絡をとってはいけないと思う」と言って、うふねとの一切の連絡を絶っていたので、その後の彼女がどこでどう生きていたか全く知りもせず、のうのうと生きていたのだ。

黒沢の生きてきた人生がどうなっていたかなんて、一切知ることもなく。

(どれだけ私のことを憎んだんだろう……)

朝日を浴びても青白い顔をした黒沢を見ると、泣きたくなってしまった。

離婚した先生について行った黒沢が、どんな風に生きてきたのか、うふねは知らない。ただ、彼がずっとうふねを憎んできたことだけは分かった。

誰かのせいでうふねが不幸になることは多かったが、うふねのせいで誰かが不幸になっていることに、今の今まで知らなかったことが、どうしようもなく申し訳なかった。

「朝、何食べる?」

コンビニに立ち寄った際、黒沢はそう聞いてきた。

「今はいい」

そう言ったのに、黒沢は自分だけ車を降りると、うふねの分まで買ってきてくれた。うふねがたまごサンドを好きなことを知っているのは、一緒に残業していたこともあったからだろう。食欲はなかったが、せっかく買ってきてもらったので、無理やり流し込んだ。

しばらく黒沢が運転すると、見慣れた景色が見えてくる。自分の生まれ育った町だ。

ただ、懐かしいとは思ったが、もうこの町は自分の町だとは思えなくなっていた。

車はそのままうふねの実家近くを通り過ぎ、隣の市まで走った。

店が開店する時間になると、黒沢は大きなショッピングモールに立ち寄った。うふねも降りるように言われたので、そのまま彼に従った。

黒沢は花屋に入って花を買う。車に戻ってまた発進する。

なんとなく彼がどこに行きたいのか分かった。

郊外からどんどん離れて、山あいに向かう。

そして随分静かな山道に入っていくと、その奥には墓地があった。

（ああ……）

平日の昼間のせいか、誰もいない駐車場に車を停めて降りる。

黒沢は何も言わずに歩いていく。うふねもその後をついて行く。

やがて立ち並ぶ墓石の中の一つの前で、黒沢が立ち止まった。

黒沢家の墓と墓石に刻まれている。その横の墓碑には先祖の名前の他に、最近彫ったばかりであろう人の名前と享年が入っていた。

「先生……」

ポツリと言葉少なくうふねは呟《つぶや》いていた。

たった十年しか経っていないのに、まだ十分若かったろうに、すでに先生が鬼籍に入っていたことを知る。没年は先月の日付だったが、会社で訃報を聞いたことはなかった。先週、母親の体調が悪いと休んでいたが、その時にはもう亡くなっていたのだろう。

黒沢は淡々と花瓶の水を換え、花を取り換えた。そして、線香を供えると、随分長い間、拝《おが》んでいた。

うふねは何もできずにただ立ちすくむしかない。

「母さんが……」

突如、ポツポツと黒沢が口を開いた。

「母さんが死ぬ前に言ってた。椎名に会うことがあったら伝えてくれって」

「え、何を……？」

「『ありがとう』だってさ。お前があの日、いなかったら、たぶん自殺していたかもしれないからって……」

「先生……」

うふねはずっとあの日、一緒について行ったことを後悔していた。ついて行かなければ、先生はあんな風に誹謗中傷されることもなかったのではないかと思っていたからだ。

けれど、事実はそうでなかった。先生もまた、うふねと同じようにあの夜をずっと心に留めておいてくれたのだ。

あの晩、二人だけであることに救われたのは、うふねだけではなかったことに、胸が熱くなる。先生と一緒にいられたことがとても嬉しくなる。

だが、それはその一瞬だけだった。

そんな伝言を聞いた先生の一人息子は、どう思ったのか。

バシンッ、と突然、枯れた花を投げつけられた。

「ほんっと、お前ムカつく！　なんで死に際まで母さんの中に残ってるんだよ、くそが！」

黒沢が顔を真っ赤にして、うふねを怒鳴りつける。先生の墓の前で、今まで溜めていたものを全部、黒沢がぶつけてくる。

「お前のせいで母さんは教師でいられなくなったし、父さんと離婚した！　なのにお前は普通に生きていて、やたら色んな奴に好かれて！　なんなんだよ、お前！　なんなんだよ！」

周囲が静かだから、黒沢の怒号はビインと空気を震わせて、うふねにぶつかってくる。

「お前が幸せになるのなんて、ぜってえ許さないからな！」

ドキリとした。いつも誰かと一緒にいようとすると、するすると指の間から零《こぼ》れてしまう。

幸せになるな、不幸になれ、と誰かにいつも言われている気がした。

「まさか、黒沢……」

今までもずっと付きまとっていたのではないかと思った。

気持ち悪いくらい執拗《しつよう》に繰り返される、うふねを孤立させる行為。

その都度、誰がそうしたのだろうと思っていた。

目の前でうふねに怒鳴りつける黒沢は、その言葉で、力で、うふねを押さえつけようとしている。言うことを聞かせようとしている。

一歩下がったうふねに対して、じりっと一歩詰め寄った黒沢はニヤリと笑った。

それが答えだった。

(私が先生のこと、駄目にしたから……)

「お前、会社辞めろよ。それで俺と一緒に実家に住んでずっと墓守《はかもり》しろ。母さんはお前のせいで死んだんだから、お前が墓守しないと駄目なんだよ」

ニヤニヤと笑いながら暴論を突きつける黒沢に、対抗する言葉をうふねは持てない。

自分のせいだという気持ちが強すぎて、ドロドロのへどろの中に埋まっていくような感覚が襲う。

足も手も、一本たりとも動かせず。

ただ、人形のように黒沢の言葉で殴《なぐ》られる。

そして、ずっと、呪いのようにうふねを縛り続けてきた言葉を、黒沢が言う。

「お前はここで、一生一人で生きて――」

「――残念だけど、うふねはこれから幸せになるから」

ぐっと後ろから強い力で抱き寄せられた。ハアハアと全力で走った後の息切れが聞こえる。

何もかも固まって動けなくなっていたうふねを、たった一言でその人はすくい上げる。

うふねは驚きすぎて声も出ない。

（どうして……？）

「おねえちゃーん！」

背後から妹のさはりの声がした。

「椎名さーん！　やっほ――！」

緊張感のない長山の声もする。

（どうして？　なんで？）

分からないことが多すぎるのに、先ほどまでの絶望感と閉塞感は嘘みたいに消え去ってしまった。

ただ、その人が来てくれただけで。

誰よりも早くここに駆けつけた人は、ゼーゼーと息切れしたまま、それでも一息で叫ぶ。

「お前がどれだけうふねを妬《ねた》もうが、うふねは俺のだ！　俺が幸せにするって決めたんだ！

不幸を誰かのせいにしかできねえ奴が、うふねに変なこと吹き込んでるんじゃねえ！」

張り上げた声は、黒沢のように墓地中に響き渡ったが、黒沢のように人を恐怖に陥《おとしい》れるような声音は全くなく。

むしろ、一筋の光のようにうふねの心に差し込んだ。

「くそっ、なんでここが！」

「今までお姉ちゃんに何してくれたのよ、この変態！」

さはりが手にしていた鞄《かばん》を、黒沢に思いっきり振り回して投げつけた。

「お姉ちゃんがどんだけ苦労したと思ってんのよ！　どれだけしんどい思いしたと思ってんのよ！」

「そんなの自業自得だろ！」

殴られながらも黒沢が反抗すると、さはりは更に鞄で叩いた。その力はかなり強く、黒沢は気圧《けお》されて座り込んでしまう。それでもさはりは鞄を振り上げて黒沢に叩きつけた。

「お姉ちゃんはどんなにしんどくても、きちんと前を見てた！　ふてくされもせず、不幸に酔いしれもせず、毎日頑張っていた！　あんたみたいな勝手に人に不幸をなすりつける奴がお姉ちゃんを語るな！」

「さはり……」

黒沢は鞄の打ち所が悪く鼻に当たって鼻血まで出しているが、さはりは鞄で殴ることを止めない。どうやら今まで黒沢が何をしてきたのか、全部ではないにしても、さはりも何か知っているようだった。

ポロポロと涙をこぼしながら、うふね本人よりも激しい怒りをさはりは見せた。

そして、ぐっと強い力で更にうふねを抱き込む人もいた。

ようやく息を整えた迅が「はぁ……」と長くため息をついた。

「勝手に家から出てかないでくれ、頼む」

耳元で囁くように乞《こ》われた。その声に彼がどれほど自分を心配してくれたのか思い知る。

「ごめんなさい……」

素直に謝罪の言葉が零れた。ポロポロと目から涙が溢れてくる。

この人の胸の中でなら泣いていいんだって思えた。

「ごめんなさいぃぃぃぃ……」

「うふねが無事でよかった」

心底安堵する声に、うふねも安心する。

「黒沢さんですね？」

長山がさはりの鞄をひょいと取り上げて、ボロボロになった黒沢の前に立つ。

モニター画面ではひょろりとしている風に見えた長山は、こうして見るとずっと背が高く威圧的で、得体《えたい》のしれない怖さがあった。

尻餅をついたままの黒沢が「ひっ」と小さく声を上げた。後ろから見ているうふねには、長山がどんな顔で黒沢を見下ろしているか分からない。

「椎名さんに対する数々の嫌がらせ、きちんと証拠揃えて警察に突き出してやるから、覚悟しとけ」

「――――！」

黒沢は長山から視線を逸《そ》らすと、忌々《いまいま》しげにうふねを睨《にら》みつけてきたが、その視線は迅が自らの手でうふねの目を隠すことで打ち消した。

「言っただろう。全力で守るって」

迅はどこまでも優しく、ただひたすらうふねに対してだけ話しかけてくれる。それは慈雨《じう》のような優しさでもって、枯れきっていたうふねの心を潤《うるお》していく。

「お前だって、そのうち、うふねに付きまとう誰かに嫌がらせを受けるからな！　そいつは他人を不幸にするんだ！」

黒沢が最後のあがきのようにそう叫んだ。

しかし迅は首筋に手をあてると、やれやれとどうでもいいように黒沢の言葉を聞き流す。

「社長なんてやっていたら、誰かしらには妬まれるし逆恨みもされるから、なんとかできるスキルはとっくの昔についてるんだが？　今更、俺がたかが誹謗中傷やくだらないゴミ漁《あさ》りでやられるとでも思ってんのか？」

朗々とした声はわずかな迷いもブレもない。

この人はこんなに強くて揺らがないのか、と初めて知った。

「この一ヶ月、うふねが誰かに傷つけられたか？　誰かに嫌がらせされたか？　されてないよな。誰も彼女の居場所は分からなかった。お前が探すのに苦労するほどの場所なら、彼女はいくらでも守れるんだよ」

「つまりは～？」

長山が合いの手を入れる。

迅はきっぱりと断言する。

「金の力だな」

「え」

「は」

「うーん？」

うふねもさはりも長山も、なんとも言えない顔で迅を見てしまった。

「間違っちゃいないが、そこは愛の力というべきだったと思うよ、迅……」

残念な子を見る目で長山が言った。うふねもなんだかおかしくなってきて、思わず笑ってしまう。

「お金の力って……確かにそうだけど……ハハハハハハ！」

迅のマンションでなければ、あんな風に閉じこもれなかった。

外に出なくてもなんとかなれる場所なんて限られているし、それができるということは、やはりそれだけお金もかかるということで。

確かに何一つ、迅は間違えたことは言っていなかった。

迅の腕の中で笑ううふねを見て、黒沢がぐったりと呆《ほう》けた顔になった。恨めしそうにうふねを見上げて彼は呟く。

「なんでそんな顔で笑えるんだよ……」

恨みがましく呟いた言葉はうふねまで届かない。

過去から続く悪縁が、断ち切られた瞬間だった。

＊監禁二十八日目＊

その後、迅が長山の車を運転した。

長山といえば何故か黒沢の車に乗って、彼とどこかに行くらしい。一人で大丈夫かと思ったが、

「え？　女の子に鞄で殴られて鼻血出すような奴に、俺が負けるわけないいんですが？」

と細い目を更に細くして笑っていたので、黒沢のことは任せてしまった。

山島のこともなんとかしてくれた長山なので、黒沢のこともなんとかできてしまうかもしれない。SE作業しかしていない小柄で細身の黒沢では、まず腕力でも適《かな》わなそうだった。

「おかーさん、おとーさん、お姉ちゃんが彼氏連れてきたー！」

途中でさはりを実家に置いていくはずが、いきなりそんなことを言われて焦《あせ》った。

父も母も迅を大歓迎し、そのまま泊まらせようとする勢いだったので、なんとか夜ご飯までで帰ることを約束した。

「また後日、日を改めてご挨拶《あいさつ》に伺います」

迅はピシリと正座をすると、うふねの父母にそう言った。何のご挨拶だろうと思ったが、聞くに聞けなかった。

結局、迅のマンションに帰り着いたのは深夜の0時を回っていた。

互いにぐったりと疲れ切っていた。

コンシェルジュがうふねたちを見て、ホッと安心したような顔になったのには困ってしまったが、無事に帰って来られて本当によかったと思えた。

迅と一緒にエレベーターに乗り、該当階にたどり着く。彼はカードキーを取り出すと、鍵穴の部分にかざす。ピーという音の後、鍵がカチャリと開く音がした
「さあ、どうぞ」

中に入るように促されて、うふねはゆっくりと足を踏み入れる。

以前、このドアから中に入ったときは、山島から逃げたときだ。助けてと叫んだ相手が迅だったことは、とても奇妙な縁だと思えた。

昨日の明け方、ここを出たときは、もう二度と帰れないと思っていたのに、また帰って来られたことが嬉しい。

「うふね」

玄関に入ると、迅がうふねを呼んだ。

振り返ると、迅は少しくたびれた顔だったが、それでも愛おしそうにうふねを見て笑った。

そして、とても優しい響きで言う。

「おかえり」

優しい声に胸が苦しくなった。うふねは息を吐《は》き出すように迅に答える。

今まで家族以外に言えなかった言葉を。

いつか誰かに言う日が来るなんて思いもしなかった言葉を。

「ただいま！」

エピローグ　×××しないと出られない部屋で愛を

「うふね、遅刻する！」

迅《じん》が玄関からそう言ってうふねを呼んだ。

うふねはパタパタと走って玄関へ向かうと、玄関脇の鏡で自分の姿を確認する。

それなりに上品に見えそうなので安心する。

あの部屋の中で過ごした一ヶ月から、更に早いもので季節を一つ飛び越えた。

黒沢《くろさわ》はあの後すぐに会社を辞めて、地元に帰ったと聞く。

彼にされたことは到底許せないことばかりだったが、接近禁止の命令もくだり、今後、二度と会うことはない。

うふね自身も円満に引き継ぎを終えて年末に退職し、一月からは迅の会社で働くことになる。と言っても、まだ外は少し怖くて相変わらずリモートワーク中心でお願いしているが。

「どれ、行こうか」

靴を履いて玄関に立つと、迅が鍵を開けてくるりとこちらを向いた。

「ん」

両手を広げて、何かをねだる顔だ。

あれから迅は、必ずうふねを確かめてからしか、外に出してくれなくなった。

一番厄介《やっかい》だった黒沢がいなくなっても、それだけでうふねを好きになる人が減るとは思っていないからだろう。

うふね自身も相変わらず、町に出れば道を聞かれるし、変な人にも話しかけられる。

迅が隣にいてもそれは変わらない。

だからだろうか。いつも一種の願掛けかマーキングみたいにそれをしないと、絶対外には出してくれない。

うふねは「急いでいるのにぃ」とぼやくと、自分も両手を広げて、ぎゅっと迅にしがみついた。

お互いの体温をそうして分け合って、お互いの存在を確かめる。

それでようやく、迅が扉を開けてくれるのだ。

「うふね、愛している」

そのとき、こそりと耳元でくすぐったい言葉を囁《ささや》くのが最近の迅の楽しみらしく、今も恥ずかしげもなくそう囁かれて、うふねは耳を押さえて顔を赤くした。

「迅さん、本当に甘いですよね。いつまで甘いつもりなんですか」

「一生かな」

サラリと迷いなく未来のことまで約束できる迅の強さがうふねには眩《まぶ》しい。その未来に寄り添えることが泣きそうなほど嬉《うれ》しい。

迅がゆっくりと扉を開けた。その先に見えるのは、見慣れた内廊下。

だが――。

ガシャンと扉を迅がまた閉じてしまう。

「ふえ……？　迅さん？」

カチャカチャとまた鍵を閉めた。

「やっぱり今日はケータリングしない？」

「え、なんで？」

「久しぶりの休みだから、ずっと二人でいたい」

外に行けばどうしても人の目はあるし、完全に二人きりになることは難しい。

それを不満に思う迅に、クスクスとうふねは笑った。

「家の中で何するんですか？」

「そうだなあ、映画を見てもいいし、ランニングしてもいい。サウナでもいいよ」

いくらでも選択肢のある贅沢《ぜいたく》な部屋だ。

「すごいですね、一ヶ月ずっといられそう」

わざとそう言うと、迅もくすりと笑った。

「そうだね、一ヶ月くらい、ずっと閉じこもっていたいかも」

きっともう、そんな日は来ないと分かっていたが、またいつか、そうやって二人だけの閉じられた空間を楽しみたい気もした。

「じゃあ、何します?」

「そうだなあ――」

二人して靴を脱いで、手をつないでリビングへと向かう。

とりあえず今日だけは、この部屋に二人きり。外に出られないことは決定した。

End

あとがき

ヴァニラ文庫様では、はじめまして。榎木ユウと申します。

ありがたいことにご縁がありまして、今回、書かせていただきました。素敵なご縁を作ってくださった担当様、ありがとうございます。また、この本を手にとってくださった方、ありがとうございます。

この作品は、まさかまさかのHしないと出られない部屋……ではなく、鍵を破壊しないと出られない部屋に閉じ込められた男女の監禁デイズのお話です。

主人公の『うふね』は、変な執着をもたれやすい不幸体質の女の子。

一方のヒーローの『迅』は、ちょっと女の子の機微が理解できない残念な若手社長。

そんな二人がひょんなことから出会って、恋をして、そして幸せになる、私らしさを出した作品に仕上げました。

途中、夜中にテンション高めで書いた部分が、これはコンプラ的にアウト！　と思って書き直したり、ＳＮＳではなく掲示板と書いてしまって、今時、掲示板はないよな、と改めて書き直したりして、試行錯誤を繰り返しましたが、最後までとても甘い作品に仕上がったと思いますので、読んでいただいた方に楽しんでいただけたなら、作者としては嬉しいです。

私としては、狐目の長山とぽっちゃり男子の畑とのかけ合いが一番楽しく書けました。この三人はワイワイしながら、これからも会社を続けていくと思います。迅の会社の内容は、2022年現在、まだまだこれから広がっていく分野の話ですので、半分以上は想像です！ なんとなく雰囲気で楽しんでいただけたらと思います。

これからも、のんびりまったり小説は書き続けていきますので、またどこかでご縁がありましたら、遊んでいただけると嬉しいです。

それでは、この度は私の本を手にとってくださり、ありがとうございました。

榎木ユウ

XXXしないと出られない部屋で、
敏腕社長といちゃらぶ監禁生活　Vanilla文庫 Miel

2022年10月5日　第1刷発行　　定価はカバーに表示してあります

著　作　榎木ユウ　©YU ENOKI 2022
装　画　黒田うらら
発行人　鈴木幸辰
発行所　株式会社ハーパーコリンズ・ジャパン
東京都千代田区大手町1-5-1
電話　03-6269-2883（営業）
0570-008091（読者サービス係）

印刷・製本　中央精版印刷株式会社

Printed in Japan ©K.K.HarperCollins Japan 2022 ISBN978-4-596-75451-6